Hélène Tierchant
Bernard Cherrier

LANDES

de pierre, d'argile et de bois

Préface de Pierre Veilletet

Aubéron

I.S.B.N. 2-908650-49-5

PRÉFACE

par Pierre Veilletet

L'ouvrage d'Hélène Tierchant et de Bernard Cherrier possède bien des charmes. Je voudrais en souligner au moins trois. D'abord, il a l'érudition alerte : d'un gros travail de documentation et de recherches sur le terrain ne subsiste rien de revêche. Où l'on est volontiers austère, les auteurs savent se montrer plaisants. Ensuite, étudiant l'habitat d'un pays trop souvent réduit à son paysage, ils le repeuplent, lui rendent sa dimension humaine. Enfin, ils ruinent la sotte réputation d'uniformité attachée à ces lieux pour lui substituer la vérité du foisonnement. Ce n'est pas rien.

Que les Landes pussent être jugées monotones ou ennuyeuses, voilà une sornette dont je ne me consolerais jamais. Si un vaste ensemble de forêts, de collines et de dunes nous paraît monotone, c'est que nous ne supportons pas l'ampleur. Ou que notre regard n'est plus fait pour elle. Si des rivages de commencement du monde, si le silence de la forêt nous font bâiller, c'est que nous ne lisons plus assez la Bible ni les contes de fées. Il se peut aussi que l'extrême simplicité des éléments qui composent le continent landais – simplicité et non pauvreté – heurte un goût du pittoresque immédiat, voyant, saturé de couleurs et de formes. Il est vrai qu'ici la beauté ne saute pas aux yeux.

Les Landes exigent plus de temps que leur voisin basque ou que la Provence. Elles sont donc vouées à être *mal vues*, à tous les sens du terme, dès lors qu'on se contente de les traverser – jadis la peur au ventre, rapport aux loups et aux brigands – ; aujourd'hui à tombeau ouvert sur la route de l'Espagne. Ou bien quand une distraite villégiature estivale enferme le visiteur dans l'enclos de sa carte postale : grand pin, petit pot de résine et colombages. Même quand elle coule de source, la littérature peut, à l'usage, se révéler réductrice. François Mauriac plante à jamais un décor de pignada janséniste qui ne détourne pas le tourmenté de ses tourments. Quant à Félix, le bon Félix Arnaudin, Quichotte sans Sancho, voyant unique d'un royaume aboli dont il captive les dernières ombres, il conduit pieusement un cortège de spectres : les Landes comme limbes. Seul Bernard Manciet – fût-ce à l'occasion de funérailles poétiques – rend vie et justice au génie des lieux. La houle puissante de son verbe anime ce qui était anémié, fait chanter ce qui était muet, remet en marche ce que figeait la raideur étriquée du chromo : les Landes comme légende vivante.

Je ne crois pas embellir la patrie de mon enfance en affirmant qu'elle est l'inverse de l'uniformité : le pays du nombre. Inépuisable comme lui et, comme lui, multipliable à l'infini. Regardez mieux : il n'y a pas ici deux clochers, deux maisons, deux passages à niveaux, deux palombières, deux puits, deux airials, deux champignons dans la mousse au pied du chêne qui soient les mêmes. Il n'y a pas dans la plus grande forêt d'Europe deux pins qui soient pareils et, comme il n'existe pas de note en trop dans une partition de Mozart, il n'existe pas de pin surnuméraire. À quoi servent-ils ? À s'entêter. Ils travaillent à leur propre parfum, ils travaillent à leur rumeur. Ils conversent avec l'océan, avec les lointaines espagnes et les îles barbaresques. Ils décryptent les messages des puys à l'intention des oiseaux de passage.

Mon enfance fut chalossaise, je parle depuis les landes grasses, depuis cette Gascogne de cocagne où les mâts s'enrubannent, où les bouquets d'arums poussent comme une jungle, où les processions charroient entre palmiers et bananiers, où les reposoirs croulent sous les fleurs et les tables de ferme sous les victuailles. Bêtes et gens y vont d'un pas semblablement chaloupé, guettés par un embonpoint qui n'épargne même pas les vierges des missions.

Lorsqu'enfant je quittais le *séo* natal et ces coteaux où tout vient à profusion, pour aller visiter quelque allié de la Haute Lande, je ne trouvais toutefois pas celle-ci aussi sèche qu'on le disait parfois. Du reste, quantité de cours d'eaux s'y dissimulaient avec des ruses de Sioux. Dans la forêt, je découvrais une multiplicité, une variété qui n'étaient pas inférieures, mais d'une autre nature. Non plus liées à l'abondance et à la pesanteur mais à la dissémination, à la légèreté. Sous ces couverts, le nombre s'épurait en décimales et infinitésimales. Toutes les choses lourdes de chez moi avaient ici l'air volatil. Elles semblaient posées comme des papillons sur un tapis de billard. Quoique marquée par la note pharmaceutique de la résine, la même odeur apéritive embaumait la maison forestière. Sa pénombre abritait la même merveille que la maison de terre : des sons d'un relief et d'un fruité inouïs. Parce qu'elles sont enveloppées d'épaisses nappes de silence, certaines demeures landaises sont le siège de prodiges sonores. Nulle part comme entre leurs murs patinés de suint, je n'ai entendu le tintement de l'eau.

Je me souviens aussi que sortant sur le seuil – les Landes sont dans les seuils – l'enfant fut comme happé par une grande lumière crue qu'il n'avait jamais vue auparavant, une lumière d'apparition qui déversa sur lui un fracas de sonnailles. Alors sur la pierre tiède, il devint plus vieux de quelques siècles, plus fort et en même temps tout neuf, exactement comme le pays sans borne où il est seul au monde avec sa serviette de table rouge serrée contre son cœur.

Pierre VEILLETET

LA LONGUE HISTOIRE DES ÉGLISES

Charme et variété : ce sont les mots qui viennent à l'esprit dès que l'on arpente les Landes de clocher en clocher. Faites de belle pierre, comme le fastueux campanile de Sabres, d'humble garluche, telle la chapelle d'Argelouse chère à Mauriac, ou de simples briques roses, comme le beffroi de Hontanx, les églises landaises racontent, peut-être mieux qu'ailleurs, l'histoire mouvementée de la Gascogne. De la Haute Lande à la Chalosse, elles disent aussi la pauvreté ou l'opulence des paroisses, décrivent clairement les inégalités démographiques et sociales. Ici, leurs archères guettent encore le huguenot. Plus loin, leurs longs auvents évoquent les lourdes pluies d'automne. Là, leurs clochers-murs aux abat-son de bois rappellent le temps d'avant

Clocher-mur, abat-son, auvent sur piliers de bois et tourelle pour l'église de Belhade, typique de la Haute Lande

les pins, quand les villages prenaient soin de ne pas s'emmêler les sonnailles dans l'immensité.

Pour peu qu'on y regarde de près, trois périodes essentielles paraissent avoir marqué le patrimoine religieux landais : la fin des invasions barbares au Xe siècle, la pénétration de l'art monumental gothique à partir du XIIIe, et le XVIIIe dont l'influence s'est exercée surtout sur les décorations intérieures. Encore ne faut-il pas négliger les restaurations et constructions du XIXe siècle. Dans les Landes, elles traduisent, avec plus ou moins de bonheur, du reste, un brusque essor économique et une modification parfois radicale des paysages agrestes et urbains.

Le début du christianisme garde en grande partie son mystère. L'archéologie a découvert si peu de vestiges que les historiens se voient souvent réduits à n'émettre que des hypothèses. Les *Commentaires de la Guerre des Gaules* affirment cependant qu'en 56 avant notre ère, un certain Publius Crassus, lieutenant de César, investit les Landes. Bientôt les légions romaines venaient à bout de la résistance des tribus aquitaines installées au sud de la Garonne et sur les bords de l'Adour. Il s'agissait surtout des Tarbelles, établis dans la région de Dax, et des Tarusates qui occupaient les sites d'Aire et de Tartas. Englobées dans la grande Aquitaine fondée par Auguste, successeur de César, ces peuplades perdirent alors leur autonomie mais accédèrent à la civilisation du vainqueur. Les riches villas exhumées à Augreilh, près de Saint-Sever, à Géou, près de Labastide-d'Armagnac, à Barat-de-Vin (Sorde), au Gleyzia (Saint-Cricq-Villeneuve) ou à Sarbazan, témoignent de la traditionnelle prospérité gallo-romaine. On sait qu'en même temps Dax (Aquæ Tarbellicæ) et Aire (Atura) devinrent des centres commerciaux et culturels importants. En ce qui concerne les cultes, il semble que l'assimilation entre les dieux indigènes et les divinités du Panthéon se soit faite tout aussi facilement.

ALARIC LE JURISTE

C'est à Aire-sur-l'Adour, résidence favorite des rois wisigoths, que fut rédigé le Bréviaire d'Alaric. En 506 très exactement. Conçu par des évêques et des lettrés d'après le droit romain et les lois wisigothes, ce code juridique aura une grande influence sur le droit coutumier dans le Sud-Ouest pendant des siècles.

SOUS L'ÉGLISE, LE TEMPLE

Les raids des Alamans et des Francs, survenus dans la seconde moitié du IIIe siècle, lézarderont la "pax romana" et fragiliseront les cités gallo-romaines sans toutefois les anéantir. Très vite l'Aquitaine relève ses ruines. Mais Dax et Aire,

Chanté par les poètes, le clocher à pinacle de Sabres est le plus beau des Landes

L'église du Mas, à Aire, fut construite sur les vestiges d'un temple romain

naguère villes ouvertes, s'abritent bientôt derrière de prudents remparts.

Quand le christianisme pénètre en Gaule, il progresse peu à peu, d'est en ouest. Dans les Landes, il faudra attendre le IVe siècle pour assister à l'arrivée de la nouvelle religion. Il n'est pas interdit de penser que le rhéteur dacquois Arborius – l'oncle du poète bordelais Ausone – s'inscrivit parmi les sympathisants de la première heure. Il devint en effet précepteur du fils de l'empereur Constantin, lequel s'était tapageusement converti en 312.

En tout cas les chrétiens finiront par investir les temples romains tombés en désuétude. La première église du Mas, au cœur de l'antique cité d'Aire, s'établira ainsi sur un sanctuaire dédié à Mars, le dieu de la guerre. Les bâtisseurs landais n'hésiteront pas à réutiliser colonnes et chapiteaux et les prêtres transformeront tranquillement en autel l'ancienne pierre aux sacrifices. Aujourd'hui encore, on distingue parfaitement sur celle-ci la rainure qui recueillait le sang des animaux immolés.

Plus ravageuses encore seront les incursions des Vandales, Suèves et autres Alains, aux Ve et VIe siècles. Et surtout celles des Wisigoths, des chrétiens ceux-là, mais d'obédience arienne, qui feront disparaître les basiliques et baptistères des débuts de l'Église landaise. Dès lors, la légende sacrée prend le relais de l'Histoire. Grégoire de Tours montre la voie à une lignée d'hagiographes qui "inventent" de formidables cursus aux saints patrons de la région. Peu importe, après tout : le bon Severus donne son nom à Saint-Sever où il a connu le martyre. Vincent, le premier évêque de Dax, laisse le sien au quartier de Saint-Vincent-de-Xaintes. Girons, évangélisateur de la Chalosse, sera le patron de la magnifique crypte d'Hagetmau où il aurait été inhumé.

Reste Quitterie. Cette princesse wisigothe née à Toulouse (?) serait passée au catholicisme à l'insu de sa famille et aurait refusé tout net d'épouser le prétendant arien qu'on lui destinait. Pour échapper à la vindicte des siens, elle se serait alors enfuie vers les Landes, aurait été rattrapée à Aire. On est approximativement en 478 et la coupable sera décapitée sur place, au pied de la colline du Mas. Or, voici qu'une fontaine

UNE SAINTE REVENDIQUÉE

De Toulouse à Aire, en passant par le Béarn, de nombreuses localités revendiquent le patronage de Quitterie, la sainte semeuse de fontaines miraculeuses. Ainsi Doumy, où ses bourreaux lui auraient coupé un bras, Juillacq, en Vic-Bilh, Aubous, Le Mas-d'Aire, bien sûr, mais aussi des dizaines d'autres lieux possédant une source sacrée. Quitterie fut canonisée en 585, au concile de Tolède, et sa fête se célèbre le 22 mai.

sourd aussitôt sur les lieux de son supplice. Mieux encore, la martyre s'enfuit à toutes jambes, sa tête sous le bras, et escalade la butte. Quand elle s'écroule, enfin morte, elle est arrivée au sommet et une seconde source a jailli près de sa dépouille...

Il en eût fallu bien moins pour déchaîner la ferveur populaire. La source de sainte Quitterie fut aussitôt décrétée miraculeuse et spécialisée dans la guérison des maux... de tête, de la simple migraine à la folie la plus furieuse. D'ailleurs, dans la crypte de l'église du Mas, un cachot subsiste où l'on peut voir des fers scellés dans le soubassement. On y enferma longtemps les déments pendant que l'on priait pour leur apaisement à grand renfort de messes ou de neuvaines. Et ceci en toute tranquillité : les murs de la cellule, épais de trois mètres, étouffaient sans problème les hurlements des malheureux reclus.

Au niveau inférieur de la crypte, sans doute à l'entrée de l'ancien temple romain, près de la seconde source sacrée, se trouve un très beau sarcophage de marbre blanc. Si la légende persiste à en faire la sépulture de sainte Quitterie, du moins jusqu'à une profanation huguenote pendant les guerres de Religion, des chercheurs du C.N.R.S. y voient plus simplement le cercueil d'un notable aturin du IIIe siècle.

Dans la crypte d'Aire, tombeau de marbre blanc dit de sainte Quitterie

MERVEILLEUX BEATUS

C'est sous Grégoire de Montaner (1028-1072), restaurateur de l'abbaye bénédictine de Saint-Sever, que naquit un des chefs d'œuvre de l'art roman, le "Beatus". Ce manuscrit, richement enluminé par le moine gascon Stéphane Garcia, retranscrit l'Apocalypse selon saint Jean. Il est enfermé à la Bibliothèque nationale, mais des reproductions photographiques sont disponibles.

N'empêche. La vénération pour la petite sainte reste forte. Au Ve siècle, elle confina même au fanatisme quand l'évêque d'Aire se mit en tête de dédier l'église du Mas à saint Pierre. Non seulement on continua d'appeler Sainte-Quitterie l'église au curieux clocher toulousain, mais la statue du céleste portier, censée orner le porche, disparut à la première occasion. Et fut si bien cachée qu'on ne la retrouva jamais !

LES DENTELLES DE SAINT-SEVER

Toujours selon la légende sacrée, relayée par Grégoire de Tours, Quitterie ne fut pas la seule à succomber aux persécutions

La décoration des chapiteaux de Saint-Sever éclate de richesse et d'imagination

wisigothes contre les catholiques des Vᵉ et VIᵉ siècles. Le roi Euric qui possédait un palais au Mas, aurait fait systématiquement supplicier quiconque traitait les Ariens d'hérétiques. Au point que les évêques du Sud-Ouest finirent par en appeler à Clovis. L'affaire fut assez rondement menée. Baptisé de frais par Rémi à Reims, le célèbre casseur du vase de Soissons venait d'en profiter pour étendre son autorité jusqu'aux rives de la Loire. Il se mit aux trousses d'Alaric II, le fils d'Euric, le battit à Vouillé, près de Poitiers, en 507, et s'assura du même coup la mainmise sur l'Aquitaine. Exit Euric et son arianisme.

Mais les Landes ne connaîtront pas la stabilité pour autant. Les rivalités dynastiques des Mérovingiens favoriseront bientôt les visées des Vascons, venus du versant ibérique des Pyrénées, au milieu du VIᵉ siècle. La Vasconia, devenue duché de Gascogne sous la férule du duc Loup, devra lutter à son tour contre les Carolingiens avant d'essuyer l'invasion des Arabes. Ensuite, ce seront les raids des Vikings et des Normands qui ne manqueront pas de remonter l'Adour, dévastant tout sur leur passage. Maints édifices religieux seront alors détruits, à commencer par l'église du Mas à Aire, vers 850.

Il faudra attendre le Xᵉ siècle pour assister à la renaissance de l'Église landaise. L'artisan en sera le duc Guillaume Sanche, retentissant vainqueur des Normands à Taller, près de Castets, en 982. Selon le cartulaire de Condom, on trouvera sur ce champ de bataille, cent ans après, "plus d'ossements blanchis que d'herbe verdoyante"...

Guillaume Sanche est un organisateur né. Il commence par regrouper les sièges d'Aire, de Dax, Lescar, Oloron, Bazas (et même Bayonne selon certains auteurs) sous la crosse d'un unique "évêque des Gascons". En l'occurrence son propre frère, Gombaud.

Les deux hommes, comme leurs successeurs féodaux, vont alors multiplier les fondations de monastères. Avec, pour corollaire, la mise en valeur de vastes étendues de landes et de terres naguère incultes que les religieux s'emploient à assainir et à défricher.

En 988, Guillaume Sanche fonde, avec son épouse Urraca, l'importante abbaye bénédictine de Saint-Sever devenu "Cap-de-Gascogne". L'édifice d'origine ayant été très vite détruit par

Derrière l'église d'Arjuzanx, un des plus vieux calvaires monolithes des Landes

un gigantesque incendie, les parties les plus anciennes de l'actuelle abbatiale datent en fait d'une reconstruction étalée de 1060 à 1065. Voulue comme la plus belle église des Landes, elle frappe d'abord par ses proportions : pas moins de 35 mètres de profondeur pour une hauteur de voûtes de 15. Le plan a sept absides, les chapelles d'étages et les tribunes de transept traduisent une indéniable influence clunisienne venue du nord de la France, tandis que les tribunes de la nef rappellent davantage Saint-Sernin, à Toulouse. Mais c'est surtout le décor sculpté qui force l'admiration. Pas moins de 150 chapiteaux, dont une bonne moitié typiques de l'époque romane, rivalisent d'efflorescences et de scènes d'une facture magistrale. Par exemple les lions souriants ou la Décollation de saint Jean-Baptiste.

Cette prodigieuse décoration inspirera les artistes qui travailleront plus tard aux autres abbayes bénédictines de la région, Aire, Sorde, Saint-Loubouer et surtout Hagetmau. Là, la crypte de Saint-Girons concurrencera même Saint-Sever avec ses chapiteaux reproduisant la Délivrance de saint Pierre

La chapelle de Suzan possède une galerie propice aux conversations d'après la messe

ou le repas de Lazare. Enfin, l'influence de Saint-Sever se retrouvera sans peine aussi bien à l'abbaye d'Arthous, fondée par les Prémontrés au XIIe siècle que dans les églises de Bostens et de Saint-Pierre-du-Mont. Sans oublier les bas-reliefs de l'église de Saint-Paul-lès-Dax.

LES CHEMINS DE COMPOSTELLE

À la vague monastique landaise, vont s'ajouter, à partir de la fin du XIe siècle, les fondations des ordres hospitaliers qui "gèrent" les pèlerinages vers Compostelle. Les différents chemins de Saint-Jacques traversent en effet obligatoirement les Landes, qu'il s'agisse de la route côtière par Mimizan ou des routes de l'intérieur, par Dax, Saint-Sever ou Aire. Les relais et autres "espitaux" se multiplient donc, comme à Lencouacq où les Chevaliers de Saint-Jacques-de-l'Épée-rouge construisent la commanderie de Bessaut. On peut voir encore aujourd'hui, en pleine forêt, les ruines de cet édifice important qui accueillait les voyageurs souvent épuisés. Ceux-ci trouvaient également un havre renommé à Laurède. Un panneau sculpté de la chaire, dans l'église Saint-Jacques de cette bourgade, montre le patron de la Galice arborant une tenue de pèlerin ornée de la coquille symbolique.

Quant à Moustey, on y découvre deux églises : Saint-Martin, réservée aux paroissiens ordinaires, et Notre-Dame, plus particulièrement destinée aux pèlerins qui pouvaient se reposer dans l'hôpital-auberge attenant à la nef.

Il serait injuste d'oublier, dans ce rapide tour d'horizon du roman landais, la floraison des églises de campagne. Souvent modestes, dans le matériau de construction comme dans l'ornementation, elles ont connu d'importants remaniements au fil des siècles. Belhade ou Biganon, la chapelle de Suzan sur la commune d'Ousse-Suzan ou Sainte-Marie à Lugaut sont pourtant de véritables bijoux, émouvants dans leur sincère simplicité.

Lugaut possède d'ailleurs le plus bel ensemble de fresques anciennes du département. On situe leur réalisation à la fin du XIIe, peut-être au début du XIIIe siècle, en tout cas à la charnière du

PASSEURS NAUFRAGEURS

Vers 1150, un certain Aimery Picard écrit une sorte de guide "routard" pour les pèlerins de Saint-Jacques. Il y dénonce les mille dangers de la traversée des Landes. Selon lui, la Grande Lande est infestée d'insectes sanguinaires, et les passeurs de Sorde ne sont guère fiables : "Bien souvent ils embarquent, après les avoir fait payer, une telle quantité de pèlerins que le bateau se retourne et qu'ils sont tous noyés."

Étonnante contre-plongée sur le repas de Lazare et du mauvais riche dans la crypte d'Hagetmau

roman et du gothique. S'y mêlent des tableaux de l'histoire sainte (Annonciation ou Visite des saintes femmes au tombeau du Christ) et des sujets historiques. Ainsi distingue-t-on nettement Amanieu d'Albret, seigneur de Lugaut et grand croisé devant l'Éternel, se rendant en cortège chez les Hospitaliers de Jérusalem à qui il fait don de son église.

Contrairement au roman, le style gothique a laissé peu d'édifices majeurs dans les Landes. À l'exception peut-être du couvent des Jacobins, à Saint-Sever, fondé vers 1280 sous l'égide du roi d'Angleterre Edouard Ier, mais malheureusement endommagé au cours des guerres de Religion. Aujourd'hui désaffecté, l'ensemble présente encore une église à nef charpentée en forme de carène renversée et quelques bâtiments conventuels dont une salle capitulaire, un réfectoire et un cloître.

Du couvent des Cordeliers, à Mont-de-Marsan, ne subsistent que de rares vestiges, de celui des Augustins, à Geaune, une flèche. L'abbaye bénédictine de Mimizan n'a conservé que sa tour-porche au superbe tympan représentant l'Adoration des Mages. Réalisé vers 1220, l'"apostolado" (statues des apôtres regroupés autour du Christ) qui rappelle beaucoup la Gloire de Compostelle, laisse à penser qu'il doit tout à un artiste espagnol.

La splendide bande dessinée romane des fresques de Lugaut

À Dax, le porche à trumeau de l'ancienne cathédrale gothique Notre-Dame, représentant le Jugement dernier, est le seul vestige de l'édifice du XIVe. Il a été enchâssé au XVIIe siècle dans le transept nord de la nouvelle cathédrale.

Quant aux porches de Sorde-l'Abbaye ou du Mas, à Aire, ils ont subi de graves mutilations pendant les guerres de Religion.

De la période gothique datent également les églises des castelnaux et bastides de Villeneuve, Geaune, Saint-Justin ou Labastide-d'Armagnac. La pierre étant difficile à trouver, son transport coûteux, c'est souvent en briques que furent construites les nefs. Dans le Gabardan, les églises de cette époque s'adornent parfois d'une tour ronde ou octogonale, tandis que s'édifient de nombreuses églises rurales, comme à Saubusse ou Saint-Martin-de-Hinx. On poursuit également l'agrandissement de quelques chapelles romanes devenues trop petites pour une population accrue.

Cependant une insécurité chronique règne dans les Landes pendant toute la Guerre de Cent ans. Routiers et pillards rivalisent

L'apostolado de Mimizan, témoigne de la riche décoration de l'abbaye détruite

LA PORTE DES CAGOTS

Quelques églises des Landes, comme Notre-Dame à Moustey, ont, sur le côté de leur nef, une porte basse souvent murée aujourd'hui. On y faisait entrer les cagots, sortes de parias des villages. Anciens lépreux, fils de lépreux ou de Wisigoths hérétiques, les cagots durent attendre 1789 pour devenir citoyens à part entière.

de cruauté avec les troupes régulières, anglo-gasconnes ou françaises, ce qui conduira maint village à transformer en véritable forteresse la maison de Dieu. De ces temps incertains datent les tours de Sarbazan, Roquefort ou Beaussiet, les chambres fortes de Suzan ou de Réaut, la bretèche de Beylongue et les meurtrières de Magescq. Sans oublier Hontanx, avec son curieux clocher-beffroi de brique, couronné d'un hourd en bois. À cheval sur la route du village, il a été percé d'une arche qui canalise l'entrée des voitures. L'église Sainte-Catherine, à Montaut, présente la même particularité.

Comment ne pas croire aussi que l'artiste qui sculpta, sans doute vers 1500, la magnifique pietà de Labastide-d'Armagnac au visage de bois polychrome si douloureusement expressif, ne s'est pas souvenu, ciseau à la main, des malheurs endurés par ses compatriotes quelques décennies auparavant ?

Au sortir de ces années noires, de sérieuses remises en état s'imposent. Nombre de charpentes vont alors disparaître, remplacées par une voûte de pierre plus solide. Nombre de fresques murales seront exécutées qu'effaceront souvent de nouvelles guerres. De Religion, cette fois.

En effet, Jeanne d'Albret, suzeraine d'une grande partie des Landes et reine de Navarre, dûment prêchée par Lefèvre d'Étaples et Calvin, adhère en 1560 à la Réforme. Aussitôt, elle ordonne au terrible capitaine Montgomery d'imposer le calvinisme à ses sujets. C'est alors que celui-ci se heurte au zèle très catholique et tout aussi sanglant de Blaise de Monluc. Car le "boucher royal" mérite bien son surnom. Le récit qu'il fait lui-même de la prise de Mont-de-Marsan dans ses fameux *Commentaires* est édifiant. Il y raconte sans vergogne aucune comment il fit passer au fil de l'épée la totalité de la garnison qui avait trouvé refuge dans le Château-Vieux.

Les églises du Marsan, de la Chalosse, du Tursan et du Gabardan auront particulièrement à souffrir des exactions huguenotes. Le porche du Mas, à Aire, garde d'ailleurs les traces des incendies allumés par les calvinistes dans l'espoir de détruire le sanctuaire des "papistes".

En fait, le pays ne retrouvera la paix qu'avec Henri IV et son édit de Nantes, en 1598. Tartas et Mont-de-Marsan figureront alors parmi les places dites de sûreté accordées au parti protestant.

L'église fortifiée de Saint-André-de-Seignanx se dresse au milieu du cimetière

Et, en 1607, sera inauguré le temple de Labastide-d'Armagnac, aujourd'hui transformé en musée.

Ensuite, faute de moyens dans une contrée saignée à blanc, les reconstructions d'églises traîneront souvent en longueur. La cathédrale de Dax reste le meilleur exemple de cette pauvreté durable. En 1646, l'édifice gothique s'effondre, à l'exception de la tour-porche. Il faudra attendre 1719 pour voir renaître une partie de la cathédrale qui ne sera consacrée que 35 ans plus tard. Mieux, la dernière travée de la nef ne sera achevée qu'en 1874...

En général, c'est dans la décoration intérieure que la restauration des édifices religieux sera la plus active. Et la plus riche, au point de frapper les visiteurs. Les églises des Landes sont "des mieux ornées du Royaume, tant par les autels dorés que par les autres ornements", note le géographe Claude Masse, au début du XVIIIe siècle, sans s'embarrasser de littérature superflue. De fait, retables, stalles et portes finement sculptées, autels dorés fleurissent partout où les fidèles se montrent généreux. Et de nombreux sanctuaires en gardent de beaux restes, pour peu qu'ils aient échappé à la vague saint-sulpicienne et au contre-feu des sixties.

Parmi les plus beaux retables, signalons d'emblée celui d'Audignon, dessiné par l'atelier de Chadel à Saint-Sever en 1725 et celui de Saint-Martin, à Lévignacq, exécuté par les Giraud, de Dax. Cette remarquable église suffirait d'ailleurs à convaincre de l'épanouissement de l'art décoratif classique dans les Landes. Encore faut-il lever les yeux vers ses murs et la voûte de sa nef entièrement couverts de peintures dues à l'étonnant pinceau du Bordelais Fautier.

De l'époque classique datent également les autels de marbre que l'on remarque ici et là. Ils doivent beaucoup à l'évêque de

La légende attribue à Charlemagne la fondation de l'abbaye bénédictine de Sorde

Dax Louis Suarez d'Aulan (1738-1778). Ce prélat, originaire d'Avignon, avait aimé le travail remarquable qu'effectuaient dans sa ville natale deux sculpteurs italiens, les frères Bernard et Jacques-Antoine Mazzetti. Il les invita dans les Landes où on ne leur commanda pas moins d'une douzaine d'autels. À leur actif figurent le maître autel de la cathédrale de Dax, daté de 1751, celui d'Orthevielle, le retable à baldaquin de Commensacq, ainsi que les décors de Laurède et de Saint-Pierre-du-Mont. Sans oublier l'autel majeur du Mas, à Aire, qui représente – évidemment – l'apothéose de sainte Quitterie.

Comparativement, le XIXe siècle se montrera plus imitateur que créateur. Sa marotte sera la référence : néo-classique à La

La statue de saint Vincent de Paul se trouve à Sabres. À Laurède, le décorateur du XVIIIe n'a pas oublié saint Jacques de Compostelle

LA CHARITÉ SELON SAINT VINCENT

Petit berger au hameau du Pouy, Vincent dut au prêtre de sa paroisse d'aller étudier chez les Cordeliers. Ordonné en 1600, il se fera vite remarquer pour son dévouement. Aumônier des galériens, fondateur des lazaristes et des Filles de la charité, il jouira d'une telle notoriété que Louis XIII lui demandera de l'assister sur son lit de mort. Vincent de Paul fut canonisé en 1737 et son village natal prit son nom en 1828.

Madeleine de Mont-de-Marsan, néo-médiévale à Pontonx, néogothique à Morcenx ou Tartas qui comporte des décors du peintre montois Longa.

Au Berceau de Saint-Vincent-de-Paul, on ira jusqu'au néobyzantin quand il s'agira de bâtir la chapelle dédiée au plus célèbre enfant du pays. Plus intéressante demeure la maison natale du saint, restaurée à partir du XVIIIe siècle. Une exposition y retrace sa vie édifiante. Tout près pousse toujours le chêne qui vit

Adam et Eve parmi les fleurs, à l'abbaye d'Arthous

Vincent prier, jeune berger. Vieux de 800 ans, d'une circonférence de 12 mètres, l'arbre a même été creusé pour abriter un oratoire.

À Buglose, non loin de la, c'est le néo-roman qui triomphe dans l'église consacrée à la Vierge miraculeuse. Au hameau, on n'avait d'ailleurs pas attendu le milieu du siècle dernier pour célébrer la mère du Christ. Certains ont affirmé que, dès le XVIe siècle, Buglose était le premier lieu de pèlerinage landais. Mais la découverte, en 1620, d'une statue de Notre-Dame cachée dans un marais au temps des guerres de Religion, y relança d'importance le culte marial. Quelques beaux vestiges d'un premier sanctuaire ornent l'église actuelle, construite à partir de 1865

La cloche de Maylis a sonné bien des pèlerinages. À Bougue, ce splendide pilier d'auvent provient de l'ancien retable avec une évidente volonté de luxe. Parmi les curiosités, retenons les 127 traductions de la Bible et surtout le carillon à clavier de 60 cloches, conçu en 1894 par le chanoine Maisonnave, d'Aire, un des plus beaux du sud de la France. Et oublions l'horrible chapelle du genre abribus géant que notre siècle a cru bon de planter en ce site vénéré.

Autre lieu de pèlerinage marial fort ancien, Maylis possède deux églises. L'une, romane mais remaniée au XVIIIe siècle, reste attachante en dépit d'une restauration très poussée. L'autre, des années 1870, s'orne d'un clocher à terrasse coiffé d'une statue de la Vierge. Elle est flanquée d'un monastère occupé par des Olivétains qui y organisent des retraites et y vendent un élixir de leur cru.

Enfin, sans quitter le XIXe siècle, il faut signaler les quelques dons de tableaux pieusement effectués par Napoléon III. Beylongue lui doit une Cène, Louer une Crucifixion et l'église de Saint-Médard, à Mont-de-Marsan, une Descente de croix. Ces œuvres très académiques sont à voir de préférence avant les fresques de Lugaut !

DE LA LANDE À L'ADOUR DEMEURES ET CHÂTEAUX

Volontiers hâbleur, le Gascon a le château facile. Tel bâtiment qui, en Touraine, serait une simple maison de maître, prend ici ses lettres de noblesse et arbore le titre de château. Ainsi raillait Théophile Gautier qui n'hésita pas à situer dans les Landes le triste domaine de la Misère, fief délabré de son *Capitaine Fracasse.*

Quiconque sillonne le département constate pourtant très vite que le romancier avait plus d'imagination que de sens de l'observation. Certes les Landes ne sont ni le Val-de-Loire ni le Périgord, mais elles comptent nombre de châteaux attachants, remarquables autant par leur architecture que par leur histoire. À la décharge de Gautier, la plupart de ces demeures ont pour décor le sud, qu'il s'agisse du bassin de l'Adour, de la Chalosse ou de l'Armagnac. Le Brassenx, où vivait une partie de sa famille et qu'il visita donc plus fréquemment, en est singulièrement dépourvu.

Des raisons géographiques, économiques et sociologiques expliquent cette disparité. Contrée plate et dénuée de pierres, peu peuplée et sans intérêt stratégique notable, le nord de la

Au cœur d'un vaste domaine de l'Armagnac, le château de Lacaze, à Parleboscq, dresse ses tourelles dans un parc luxuriant

LA GRANDE CORISANDE

C'est à Hagetmau, au château de Gramont, aujourd'hui disparu, que Henri de Navarre rencontra Diane d'Andoins, la jeune veuve du seigneur de ce lieu. Le Vert Galant succomba aussitôt à la beauté et à l'intelligence de celle que Montaigne, admiratif, appelait "la grande Corisande", du nom de l'héroïne d'un célèbre roman courtois de l'époque. La dame allait prodiguer à Lou Nouste Henric conseils éclairés et subsides conséquents. Grâce à cette maîtresse exceptionnelle, il put financer l'armée qui le conduisit jusqu'au trône de France. Corisande, elle, mourut à Gramont, en 1620. Endettée et oubliée.

région n'avait que peu d'atouts aux yeux du bâtisseur médiéval. De sorte que ces Landes-là, oubliées par la féodalité, sont longtemps restées terres de franchises. Les alentours de Labouheyre et de Sabres, la bande maritime du Marensin et de la Maremne, mais aussi les pays de Gosse et de Seignanx, le sud du Marsan et une partie de la Chalosse, des villes comme Dax ou Saint-Sever, jouissaient au Moyen Âge d'un statut spécial. Les Plantagenêts, qui s'étaient trouvés "parachutés" en Aquitaine en 1152, leur avaient consenti toute une série de privilèges et coutumes afin de mieux s'attacher leurs nouveaux sujets. Ainsi, dans la Grande Lande, non seulement les hommes dits "francs et libres" étaient propriétaires de leur tenure, mais ils décidaient en assemblée des affaires de leur paroisse, géraient les parcelles communales et répartissaient les droits de pacage des troupeaux. Il n'est pas défendu de penser que cette situation originale, républicaine avant l'heure, a dû influer sur l'évolution politique ultérieure des Landes, demeurées, au long des siècles, un département de tradition démocratique. À cet égard, la floraison des arbres de mai provoquée par le Bicentenaire de la Révolution est éloquente...

LE BERCEAU DE HENRI IV

Pauvre en édifices seigneuriaux, la Haute Lande n'en vit pas moins prospérer une des plus célèbres familles de la région : celle des Lebret ou Albret. Entrés dans les annales avec Bernard-Aiz, encore simple sire au Xe siècle, ceux-ci se distingueront par leur vaillance, doublée d'une habileté quasi florentine à tirer profit des rivalités franco-anglaises au cours de la Guerre de Cent ans. Une subtile politique matrimoniale leur permettra bientôt de s'allier aux grandes dynasties européennes, les Foix-Navarre, les Borgia et même les Valois. Ainsi, en 1527, Henri II d'Albret, roi de Navarre, épouse Marguerite, sœur de François Ier. En 1553, leur fille Jeanne donnera naissance à Henri, monté sur le trône de France sous le nom de Henri IV.

Labrit, au cœur du pays d'Albret, a gardé jusqu'à la fin du siècle dernier les vestiges de l'antique château de Bernard-Aiz, bâtisse défensive édifiée sur une butte dominant la rivière de l'Estrigon, au lieudit "Les Rocs". Les fouilles récemment

entreprises sur ce site révèlent un ensemble fortifié, exceptionnel pour les commencements de la féodalité.

Autre apanage de la maison d'Albret, le château de Rochefort-Lavie, à Belhade, construit sur une motte féodale surplombant la vallée de la Leyre. Ses parties les plus anciennes remontent au XVe, mais l'ensemble a été extrêmement remanié au XVIIIe siècle pour l'extérieur, au XIXe pour les intérieurs.

À la féodalité encore, on doit Castéja et Montbrun. Le premier dresse ses pans de murailles ruinées, flanquées de quatre tours étêtées, sur une plateforme entourée de ravins près de Mézos. Le second défendait Biscarrosse et reçut à la Renaissance des baies à meneaux.

Le château de Castillon, à Arengosse, est certainement le plus prestigieux du département. Fleuron de la période classique, il possède de hautes toitures percées de lucarnes à frontons courbes et des cheminées monumentales richement décorées. Il fut érigé en 1625, comme en témoigne la date gravée au-dessus d'une de

Théophile Gautier se serait inspiré du site très XVIIe siècle de Castillon en écrivant son fameux "Capitaine Fracasse"

Curiosité du Tursan, le château du Lau, à Duhort-Bachen, a été construit par un grand chambellan de Louis XI

ses portes d'entrée. Si l'on connaît son premier propriétaire, Jean-Bertrand de Baffoigne, le nom de l'architecte qui le dessina reste incertain. S'agit-il de Gratien de Lerm, le maître d'œuvre de Poyanne ? Plusieurs similitudes dans les plans des deux bâtiments tendraient à accréditer cette hypothèse. Castillon passa à la fin du XVIIe siècle à la famille de Poudenx, dont un des membres, le chevau-léger Henry-François-Léonard, se distingua lors de la guerre d'Indépendance des États-Unis d'Amérique. Sa descendante, Henriette, avait pour cousin germain Théophile Gautier. La mélancolie des "collines décharnées qui bossuent les Landes entre Dax et Mont-de-Marsan" devait inspirer à l'écrivain le début de son fameux *Capitaine Fracasse.*

Le baron Gérard, qui acquit Castillon en 1887, et ses héritiers, les comtes de Lascours, ont ajouté de belles dépendances au domaine, à commencer par d'imposantes écuries.

À Uza, le château des Lur-Saluces domine le lac de retenue des anciennes forges. Le seul intérêt de cette blanche pâtisserie est d'occuper le site historique où Richard-Cœur-de-Lion se fit jadis construire une tour-donjon. Mais, à peine installés dans le pays, les marquis maîtres de forges optèrent pour un logis plus confortable. Lequel subira tant de modifications jusqu'en 1926 que la bâtisse n'a, maintenant, plus aucun style identifiable.

On ne manquera pas, en revanche, de faire le détour par Woolsack, sur les jolies rives du petit lac d'Aureilhan, près de Sainte-Eulalie-en-Born. Ce curieux manoir de style Tudor a été construit par le duc de Westminster dans les années 1910. Bien des personnalités européennes et internationales vinrent y goûter quelques semaines de repos, de Gustave V de Suède à Coco Chanel, de Lloyd George à Charlie Chaplin. Sans oublier Winston Churchill. Le vieux Lion, peintre à ses heures, emportait toujours son chevalet à Woolsack et immortalisa souvent ces paysages enchanteurs.

UNE CURIOSITÉ : LA CAVERIE GASCONNE

À l'est du département et dans sa partie méridionale, les châteaux ne se comptent plus sur les doigts de la main. Ils y ont au contraire poussé comme des champignons, en dépit des vicissitudes de l'Histoire. Car les rivalités des seigneurs médiévaux, les valses-hésitations de la Guerre de Cent ans, les déprédations des conflits religieux, la vindicte absolutiste de Richelieu, les destructions consécutives à la Fronde – quand ce ne fut pas le vandalisme révolutionnaire – ont entraîné ici la disparition d'une part importante du patrimoine architectural.

Les bâtiments qui ont survécu aux canonnades, aux ruines des familles et aux outrages du temps ne manquent pas d'accuser ces malheurs. Souvent remaniés plutôt que restaurés au fil des âges, ils s'en sont trouvés métamorphosés de manière irréversible. Inutile, dès lors, de chercher un quelconque style landais parmi les quelque cent cinquante demeures qui méritent ici le nom de châteaux.

Encore faut-il distinguer une institution particulière aux Landes : les caveries. Ce terme s'appliquait autrefois, en Gascogne, aux maisons fortes des caviers, sortes de nobles subalternes dont le rôle consistait à maintenir l'ordre sur les terres d'un grand seigneur. Sur l'étymologie même du mot "caverie", les spécialistes sont partagés. On le fait tantôt dériver du latin "cavere" qui signifie garder, tantôt on l'apparente plus volontiers au navarrais "caveros", désignant les vassaux qui devaient servir à cheval un suzerain.

En tout cas, du Moyen Âge à la Révolution, le sud des Landes, et principalement le pays d'Orthe, vit naître de nombreuses caveries. Certaines devaient devenir de véritables châteaux, comme Ardy à Oeyreluy, Le Rau à Gamarde, Mente à Cauneille, Lagurgue près de Saint-Laurent-de-Gosse, qui fut la propriété du maréchal Exelmans. Ou encore le Château-Pigeon, aux environs de Préchacq-les-Bains, doté d'un vieux pigeonnier et d'un portail monumental au XVIIe siècle.

D'autres caveries ont gardé, à travers les siècles, leurs proportions d'origine, comme Sorrey, près de Saint-Martin-de-Hinx, Mongaillard et Gestède à Orthevielle, et surtout Siest. Là subsistent encore des éléments du XIIe à côté des inévitables améliorations dues à la Renaissance. À remarquer le portail à pentagones et la galerie à colombages sur piliers de pierre dont la grâce ne le cède en rien à celle de l'abbaye d'Arthous.

Parmi les châteaux proprement dits, un des plus anciens est celui de Lacaze, fief attesté depuis le XIe siècle, sur la commune de Parleboscq en Gabardan. La construction de cet imposant

À l'occasion du bicentenaire de la Révolution, les Landes forestières sont devenues une véritable pépinière d'arbres de la Liberté, comme ici, à Bourriot-Bergonce

bâtiment composite, aux façades disparates a, semble-t-il, débuté au XIVe, mais le gros de l'œuvre aurait été exécuté à la Renaissance. Le donjon central et les trois tours respectivement octogonale, cylindrique et carrée furent décapitées sous la Terreur. Passé, à la fin du siècle dernier, entre les mains du baron Adhémar de Guilloutet, qui fut député du département quasi en continu de 1863 à 1893, Lacaze fera alors l'objet de travaux importants. Ils préluderont à une nouvelle restauration, entreprise par un industriel anglais, en 1981. L'arrière du château, aujourd'hui gros domaine viticole de l'armagnac, donne sur des parterres fleuris et des pièces d'eau du plus agréable effet. Mais Lacaze, propriété privée, n'est pas ouvert au public. Les Landes sont d'ailleurs probablement un des départements qui comptent le plus de ces domaines privés, interdits à la visite.

Le château du Lau, à Duhort-Bachen, compte, quant à lui, quelques décennies de plus. Il fut bâti au XVe siècle, par un chambellan de Louis XI, Antoine de Castelnau, sur le modèle du château royal de Plessis-lez-Tours. Sa toiture fortement pentue est encadrée de pignons dits à pas-de-moineaux, décor exceptionnel dans les Landes. Deux hautes tourelles cylindriques et

À Escalans, Caumale a gardé intactes ses cinq tours de petite forteresse médiévale

Au bord des Gaves réunis, le château de Montréal, actuelle mairie de Peyrehorade, fut autrefois la résidence des vicomtes d'Orthe

crénelées, démesurément étroites, en ornent la façade de briques côté cour. À noter la présence sur la même commune de Duhort-Bachen, d'un second château, du XVIIe celui-là, d'un style plutôt béarnais, propriété du chef-restaurateur Michel Guérard.

La fin du Moyen Âge et les premiers temps de la Renaissance ont vu l'éclosion de maintes autres bâtisses. À l'origine souvent édifiées dans un but défensif. Le meilleur exemple en est Montréal, à Peyrehorade, ancienne résidence des vicomtes d'Orthe, qui abrite à présent la mairie de la ville. Magnifiquement assis au centre de la cité, le château surveille le pont qui traverse les Gaves réunis. Il fut dessiné par un ingénieur militaire d'originaire italienne, un certain Ridolfo Marmorini da Lombardo, sur un plan qui rappelle le Château-Neuf de Bayonne : un bloc quadrangulaire flanqué de tours rondes.

CHÂTEAUX DE SABLE

Inutile de chercher un quelconque château à Gabarret, ville qui s'enorgueillit pourtant jadis de deux édifices majeurs. Sa fière forteresse vicomtale fut démolie en 1826. Quant à la résidence de la reine Jeanne d'Albret, elle fut démantelée en 1911. Ses pierres, acquises par un Américain, devaient être embarquées pour les États-Unis.

Très classique dans son architecture, le château de Caupenne est resté en possession de la famille de Cès-Caupenne

C'est un maître d'œuvre français Mathieu Comet, qui achèvera la construction de Montréal vers 1570. Le dernier étage, en simple maçonnerie crépie en faux appareil, témoigne de l'évolution de la société d'alors et de l'apparition d'un nouvel art de vivre, plus souriant.

Le château de Momuy, par sa position perchée et ses airs de forteresse à tourelles cylindriques ou polygonales, ne laisse aucun doute sur les intentions premières de ses bâtisseurs. D'autant que la vue depuis les fenêtres à meneaux de son étage supérieur embrasse jusqu'aux Pyrénées.

Le Pouy, à Saint-Martin-de-Hinx, avec ses trois tours rondes crénelées, Saint-Pandelon avec sa tour-donjon, devenue résidence d'été des évêques de Dax, Hercular près de Saugnac, Larroque à Ondres, possession du comte de Comminges où séjournèrent les rois d'Angleterre, apparaissent aussi comme d'anciennes forteresses de la fin du Moyen Âge, largement remaniées au XVIe. Comme Le Hitau à Saint-André-de-Seignanx, Marquebielle à Saint-Cricq-Chalosse, Caumale à Escalans, Fondat à Saint-Justin, Agès près de Monségur, tout de garluche construit, ou Saint-Cricq-du-Gave,

Entre les gaves de Pau et d'Oloron, le château de Saint-Cricq est flanqué de tours coiffées de toits en dôme

ultérieurement pourvu de toits en dôme, pigeonnier compris.

C'est au XVIe siècle également que fut commencé Briat, près de Mauvezin-d'Armagnac dont le parc s'orne d'une fontaine et d'un bassin. Construit par les Albret, Briat était une des résidences favorites de Henri de Navarre qui devait, en 1592, céder ce domaine à son fidèle compagnon Pey Arnaud de Matines. Juste récompense, car l'homme lui avait sauvé la vie à la bataille de Coutras. Sous la Restauration, Briat recevra un corps central, perpendiculaire à l'aile originelle dont on conservera cependant la grosse tour, les fenêtres à meneaux et la bretèche à mâchicoulis.

Du XVIe enfin, date aussi le château de Candale, près de Doazit, ancienne propriété des Foix-Candale. doté de beaux plafonds et d'intéressantes cheminées.

LE POIDS DU POUVOIR

Henri de Laborde-Péboué, gentilhomme de Doazit, a laissé un curieux "Livre de Raison", précieux pour qui veut connaître la Chalosse du XVIIe siècle et riche d'anecdotes savoureuses. On y apprend par exemple que le seigneur de Lataulade, propriétaire de Marquebielle, était devenu si gros à la fin de sa vie qu'aucun cheval ne pouvait plus le porter. Mais si puissant que, lorsque Louis XIV passa à Mont-de-Marsan en 1660, il eut le droit d'entrer dans la chambre du roi chaque fois que bon lui semblait !

LES GRANDS CLASSIQUES

En regard des autres châteaux landais, Poyanne et Ravignan, apparaissent d'un grand classicisme. S'ils se ressemblent, avec leurs toits d'ardoises, leurs façades à trois pavillons carrés et leurs fenêtres à la Mansart, leur histoire diffère de beaucoup.

Sur l'emplacement de l'actuel Poyanne se dressait au Moyen Âge un château-fort qui verrouillait la vallée de l'Adour. Les seigneurs du lieu, capitaines intrépides, surent se faire une place dans la province – plusieurs devinrent gouverneurs des villes de Dax ou de Saint-Sever – et à la cour de Navarre, avant de se hisser jusque dans l'entourage du roi de France. Bertrand, sénéchal des Lannes, fut ainsi l'intime du Béarnais. "Grand pendard, lui écrivait ce dernier, j'arriverai demain chez toi avec mademoiselle Corisande pour planter tes allées de lauriers." Et de réclamer à son hôte : "Bon feu, bon vin et le reste".

C'est le fils du sénéchal, Bernard, lieutenant général en Béarn, qui commanda, en 1624, le bâtiment que l'on peut encore admirer aujourd'hui. Gratien de Lerm, l'architecte, avait fait ses premières armes aux côtés de Pierre Souffron, au château du duc d'Épernon, en Gironde. D'où l'inévitable air de parenté que présentent Poyanne et Cadillac-sur-Garonne. Parmi les propriétaires qui se succéderont au domaine, on note des Castelnau-Tursan, un Béthune de Sully ou un Charles de

Près de Mauvezin, le château de Briat se flatte d'avoir accueilli plusieurs fois Henri de Navarre, le Vert galant

Talleyrand-Périgord. Le château devait encore accueillir Joseph Bonaparte après sa déroute espagnole, abriter un noviciat de jésuites, un séminaire, puis des religieuses bénédictines. Il appartient maintenant au Conseil général des Landes qui aura fort à faire pour lui redonner vie.

Situé à Perquie, près de Villeneuve-de-Marsan, l'actuel château de Ravignan a, lui aussi, succédé à une forteresse médiévale. Il est cependant un peu plus récent que Poyanne, sa construction décidée par Alcibiade de Mesmes datant de 1663. L'édifice, qui ne comprenait alors qu'un corps central et une aile à gauche, sera, au milieu du XIXe siècle, prolongé d'une seconde aile symétrique vers l'ouest, mais avec un tel respect des plans originaux que le château apparaît parfaitement homogène. Le parc, lui, sera, conçu par Buller, paysagiste de la Belle Époque. Quant aux salons, ils méritent le détour pour leurs plafonds à la française et leur décor peint. L'un d'eux constitue d'ailleurs la parfaite réplique du salon doré de Poyanne.

Parmi les monuments landais de l'époque classique, citons encore Amou. Le grand Mansart en personne en aurait tracé les plans, ce qui explique son allure surprenante pour la région. Il faut dire que la baronnie d'Amou allait être érigée par le Roi Soleil en marquisat, en 1644, en faveur de Léonard de Caupenne, propriétaire de ce domaine.

Le château de Caupenne, possession de la branche des Cès-Caupenne, témoigne également de la majesté chère à l'architecture louis-quatorzième. On retrouve d'ailleurs des

Classé monument historique, Poyanne aurait parfois abrité les amours de la belle Corisande et de "lou Nouste Henric"

traces de cette volonté de grandeur dans les œuvres majeures des décennies suivantes. À Villandraut, près de Tilh, construit en 1780 par Jean-Pierre de Saint-Cristau, comme au Prada, aux portes de Labastide-d'Armagnac, dessiné par le célèbre Victor Louis pour la famille de Bouglon. Ou encore à Camiade, près de Biarrotte.

Le contraste est saisissant entre ces demeures et l'élégant château de Gaujacq, réalisé par des architectes italiens pour François d'Escoubleau marquis de Sourdis, neveu du cardinal-archevêque de Bordeaux et lui-même gouverneur de la capitale de la Guyenne. À Gaujacq, les pièces d'habitation entourent un jardin carré bordé, à la manière d'un cloître, d'une galerie à arcades en plein cintre. Ce plan n'est pas sans évoquer les chartreuses bordelaises. Et même, par delà les siècles, les villas gallo-romaines dont les fouilles archéologiques ont révélé la présence jadis, à l'emplacement de la résidence des Sourdis. Gaujacq étant un des rares édifices ouverts à la visite, on ne manquera pas d'admirer les peintures des salles et le mobilier XVIIIe. Ajoutons, pour la petite histoire, que c'est à Gaujacq que vint finir ses jours solitaires le marquis de Montespan, dont les déboires

Près de Saint-Justin, Fondat possède un des plus grands colombiers des Landes. Le capitaine de Malartic, ami d'Henri IV, habita le château

conjugaux avaient naguère défrayé la chronique de Versailles.

Enfin, Estignols, sur la commune d'Aurice, fut pour sa part construit par des gardes d'origine écossaise, les frères de Spens. Remaniée au XVIIIe siècle et dotée d'un belvédère à trois oculi, la façade comporte une curieuse décoration de chaînages de briques, lointain souvenir du pays natal des Mac Duff, clan d'où était sortie la dynastie des Spens. C'est à Estignols que vécut l'écrivain Willy de Spens (1911-1989), auteur de nombreux romans historiques à succès, dont certains furent adaptés pour le cinéma.

RÊVES EN FUMÉE

Le XIXe, plus nostalgique que novateur, aura laissé aux Landes quelques bâtiments mineurs. Ainsi La Tuilerie, à Biaudos, joue la carte hispano-mauresque et affiche une façade en hémicycle flanquée de deux ailes à créneaux dentelés. Le

Petit Versailles landais, le château d'Amou aurait été dessiné par le célèbre François Mansart

château de Biaudos, celui de Captan, à Audignon, avec son amusant campanile, et celui de Coyola, à Linxe, donnent quant à eux dans le néo-Renaissance.

Lubbon et Bertheuil, à Campagne en Gabardan, sont deux demeures aux destins dramatiquement parallèles. Édifiées par des propriétaires bonapartistes, soucieux de recevoir dignement Napoléon III, à l'occasion d'un des voyages de l'empereur dans le département, elles furent toutes les deux dévastées par un incendie et jamais reconstruites.

Quant au domaine du Pourtaou, à Cauneille, s'il n'était pas, à l'origine, ce qu'il est convenu d'appeler un château, il devint au début de ce siècle le palais du génie méconnu. Par le zèle de son propriétaire, Laurent Labaigt (Gaas, 1848 - Cauneille,1942), plus connu sous son nom de plume : Jean Rameau.

Un parcours étonnant que celui de Labaigt, modeste employé en pharmacie tourmenté par la littérature et le succès. Ayant remporté un premier prix à un concours de poésie organisé par *Le Figaro,* notre homme décide de monter tenter sa chance dans la capitale vers les années 1880. Il publiera plusieurs recueils d'odes, une soixantaine de romans salués par l'Académie française, des milliers de contes. Mais "le fils spirituel de Victor Hugo", comme il s'intitule lui-même, ne comprendra pas que les goûts du public évoluent. Passé de mode à la Grande Guerre, et

ANGE ET DIABLE

C'est au Prada, dans l'Armagnac landais, que Barbey d'Aurevilly retrouva la paix spirituelle. Auprès de la baronne de Bouglon, châtelaine des lieux. Le sulfureux auteur des "Diaboliques" avoua avoir puisé, aux côtés de celle qu'il surnommait son "Ange blanc", la force de renoncer au dandysme pour retrouver les valeurs d'un catholicisme intransigeant.

Les quelque 600 hectares de terres attenantes au château de Castillon justifiaient largement la construction de ce remarquable moulin

VUE SUR L'OCÉAN

La IIIe République connut de bien singuliers députés. Le dénommé Loustalot, propriétaire de Labès, à Saint-Martin-de-Seignanx, château originellement pourvu de deux tours symétriques, fit ainsi rehausser l'une d'entre elles et la dota d'une plate-forme crénelée. Afin de pouvoir, du sommet, "boire son café en regardant la mer" !

meurtri par la perte de son fils unique, il lâchera soudain Paris, "se naturalisera sauvage", selon ses propres termes.

Désormais, Rameau cherchera l'immortalité dans les pierres. Vingt ans durant, il manie la truelle du maçon, le ciseau du sculpteur, les pinceaux du peintre. Non seulement il fera du Pourtaou un temple kitsch orné de pseudo-toiles de maître, de bustes d'écrivains célèbres ou d'empereurs antiques, mais il s'y construira aussi un mausolée à la dimension de son talent bafoué. C'est dans cette Gloriette, au dôme surmonté d'une monumentale lyre de béton, qu'il sera enseveli en 1942.

Le site fut classé peu après. Mais vint l'Occupation, puis l'oubli. Aujourd'hui le Pourtaou est à l'abandon, la Gloriette menace ruine. Sic transit...

Sur la Gloriette, ultime demeure de Jean Rameau, le poète a posé sa lyre...

MAISONS DE LA FORÊT MAISONS DE LA TERRE

Les agences immobilières qui vantent par annonces les charmes d'une "Landaise" schématisent à l'excès. Dans les Landes, la maison traditionnelle se présente en effet sous un aspect très différent selon le pays où elle a été construite. Un observateur attentif en distinguera tout de suite deux types principaux : la maison de la Grande Lande et de la bande côtière, où prédomine la forêt, et la maison du bassin de l'Adour, région plus riche, à vocation agricole et viticole affirmée. Bien entendu, on ne passe pas sans transition de l'un à l'autre de ces terroirs. Mais, qu'il s'agisse de l'architecture ou des matériaux employés, la maison de la forêt et la maison de la terre se reconnaissent sans peine.

Le vaste trapèze que forme le département, au nord de l'Adour, est le domaine de la "pignada", moutonnant à perte de vue sous le regard des maîtres du feu, postés tout l'été dans leurs miradors.

À Marquèze, la maison dite du mineur possède un magnifique auvent charpenté

MARQUÈZE

Principale réalisation du Parc régional des Landes de Gascogne, l'écomusée de Marquèze a été créé en 1970 pour redynamiser, par le tourisme, une région fortement touchée par la fin du gemmage. On y trouve, reconstitué, l'airial typique de la Grande Lande tel qu'il pouvait se présenter à la fin du XIXe siècle. On accède à Marquèze depuis Sabres, par l'ancien train des résiniers. Sa locomotive a été classée monument historique. Elle voisine avec un des premiers autorails de Dion-Bouton, autre pièce de musée s'il en est.

Cette immense forêt est cependant de création récente. Jusqu'au milieu du XIXe siècle, la région couvrant la Grande Lande autour des deux Leyre, les Petites Landes autour de Roquefort, le Gabardan et la bande côtière, du Pays de Born à la Maremne, méritait bien le nom générique de "lande". Son sol de sable et d'argile comme la présence dans le sous-sol, à une faible profondeur, d'une couche rocheuse d'alios imperméable, y favorisaient la naissance d'immenses marécages. Infertile et pauvre, ponctuée de maigres bosquets de pins et de chênes, elle se prêtait surtout à l'activité pastorale que complétait çà et là une agriculture archaïque, peu productive.

C'est sous le Second Empire que la plantation de millions de pins a métamorphosé à jamais le "désert" landais où les bergers troqueront peu à peu leurs échasses contre le hapchot du gemmeur. Cette révolution, toutefois, ne devait guère modifier l'habitat, demeuré remarquablement adapté aux conditions climatiques, à la vie patriarcale, et à une organisation sociale ébauchée dès les temps médiévaux.

À sa base, l'airial. Ce terme, qui remonte au haut Moyen Âge, désignait à l'origine une concession accordée par le seigneur. Par la suite, le sens du mot s'est élargi : évolutions historique et politique obligent. On appelle aujourd'hui "airial" l'espace herbeux, planté de chênes, où sont installés les différents bâtiments – maison d'habitation et dépendances – qui constituent la ferme landaise. Hier oasis de colonisation au milieu des marécages hostiles, à présent clairière dans la pignada, l'airial n'a jamais été clôturé. Survivance héritée, elle aussi, du Moyen Âge, où la terre appartenait à l'ensemble de la communauté. Cette disposition donne aux villages des Landes forestières un tissu cadastral singulier. Les communes sont souvent réduites à leur plus simple expression : la mairie, l'église, l'école, quelques commerces, et, pour les bourgs les plus importants, un certain nombre de maisons de propriétaires installées à la périphérie. Alentour s'éparpillent les exploitations agricoles, les unes regroupées en "quartiers", les autres carrément isolées.

Cette dispersion, encore accentuée par la répartition des bâtiments de chacune des fermes sur tout l'espace de l'airial, n'a pas été sans influer sur la nature des relations sociales. Dans les Landes forestières, voisinage et entraide ne sont pas de vains

Maison de village à Lencouacq.
Le pisé de la façade a bien résisté
à l'épreuve du temps

mots, et le "premier voisin", le plus rapproché géographiquement, fait quasiment partie de la famille !

Une promenade au hasard des flèches qui, le long des départementales, signalent quartiers et airials perdus dans les bois permet toujours des découvertes. Mais c'est à l'écomusée de la Grande Lande de Marquèze, relié à Sabres par le petit train des résiniers, que l'on comprendra le mieux la civilisation de cette partie des Landes et l'architecture de la maison de la forêt.

L'habitation de la Haute Lande, rectangulaire, n'a pas d'étage mais un simple grenier sous un toit de tuiles-canal à deux pentes. Un large débord permet l'écoulement des eaux de pluies, rendant toute gouttière inutile. L'arrière de la bâtisse, aveugle, toujours orienté à l'ouest, est exposé aux tempêtes océanes. C'est pourquoi il est en général pourvu d'une troisième pente qui peut descendre très bas vers le sol. Ce toit en trièdre est dit ici "en queue de palombe".

La façade principale, à pignon, tournée vers le levant et donc protégée, s'orne, pour les demeures de maître et les

Sur l'airial, le four à pain, éloigné de la maison, s'abrite sous un auvent de bois

LE VÉLO DE FÉLIX

Le domaine de Solférino conserve une véritable pièce de musée : la bicyclette sur laquelle Félix Arnaudin (Labouheyre, 1844 - 1921) a sillonné, sa vie durant, la Haute Lande, carnet en poche et appareil photographique sur le porte-bagages. Premier folkloriste des Landes, Arnaudin a laissé à sa mort plusieurs milliers de récits, contes et chants et près de 2600 clichés, indispensable mémoire de son pays natal.

maisons les plus opulentes, d'un auvent charpenté, dénommé "emban" dans les Petites Landes, "estantad" dans la Grande Lande. Cette construction combine nécessité pratique et souci esthétique. C'est sous son abri qu'autrefois on battait au fléau les céréales. On y dépique le maïs, on y plume les oies et, surtout, on y reçoit voisins et visiteurs pour le brin de causette rituel. Agrémentés d'arbalétriers courbes et d'encorbellements chantournés, certains auvents sont de véritables chefs-d'œuvre.

Ce genre de construction reste circonscrit au centre de la zone forestière, à l'Albret de l'Ancien régime, jadis apanage de la famille royale de Navarre. Dans le Pays de Born, où prédominaient, dès l'Ancien régime, résiniers et gemmeurs, la maison d'habitation, toute en longueur, ne possède généralement pas de pignon.

Colombages, torchis et volet dans la grande tradition landaise à Montégut

Faute de carrières de pierre, la maison de la forêt se construisait autour d'une ossature de bois isolée de la terre par un soubassement de "garluche", comme on appelle ici l'alios ferrugineux tiré du sous-sol de la lande. Une longue planche, placée sur ce muret, fait office de sablière sur laquelle s'appuient les poteaux de chêne du colombage.

Cette armature se travaillait d'abord à même le sol. Les charpentiers en assemblaient les diverses pièces à tenons, mortaises et chevilles d'acacia, sans vis ni clous, et sans la moindre pièce de métal. Ce squelette terminé, on passait au levage, et, après mise en place, à la pose de la charpente du toit.

Pour combler l'espace entre les colombages, on utilisait encore une fois les matériaux du cru. Le torchis le plus courant était fait de terre argileuse mêlée de paille d'avoine ou de seigle, voire de copeaux de bois. Il offrait l'avantage d'être isotherme. Une fois la maison terminée, on en protégeait les murs par un badigeon de chaux renouvelé tous les printemps. Dans le Marensin et le Pays de Born, on remplissait fréquemment l'entre-colombages de briquettes disposées en feuilles de fougère ou en arêtes de poisson.

Le plan intérieur de l'habitation de la forêt est des plus simples. La salle commune occupe le centre : sa vaste cheminée sert à la fois au chauffage et à la cuisine. Mais c'est dans la souillarde attenante qu'on lave la vaisselle, sur la pierre d'évier. Les confits se mijotent sur le potager. Cette espèce de fourneau maçonné, protégé des éclaboussures par un carrelage de faïence bleue, était alimenté par les braises de la cheminée en hiver, par du charbon de bois en été.

De part et d'autre de la salle, se trouvent les chambres... et l'étable. Une sorte de fenêtre carrée, appelée "estaouli", permet à cette dernière de communiquer avec la pièce principale. Par cette ouverture, l'aïeul ou un domestique avait autrefois mission de nourrir les bêtes, notamment l'attelage de bœufs qui faisait la fierté du maître. Des heures durant, il leur distribuait ainsi des poignées de foin, au rythme patient de leur mastication. Précision qui fera sourire, grâce à l'estaouli les humains bénéficiaient à bon compte de la chaleur animale dégagée par les ruminants.

DES PAYS ET DES MEUBLES

Comme les maisons, les meubles landais reflètent leurs "pays" d'origine. Dans la Grande Lande et le Marensin domine le pin, essence modeste, dont les ébénistes locaux n'éliminaient généralement pas les nœuds et les défauts. En Chalosse au contraire, les fabricants préféraient des bois plus nobles, comme le noyer ou le rouge cerisier et son cousin le merisier.

Le potager et sa faïence bleue se trouvaient autrefois près de la cheminée dans toutes les habitations

Sur l'airial, on édifiait aussi les maisons des métayers, des domestiques et des ouvriers agricoles, évidemment moins vastes et moins ornées que celle du maître. S'y élevaient encore les dépendances nécessaires à la vie de la ferme, à commencer par l'indispensable four à pain. Toujours séparé de la maison d'habitation afin de minimiser les risques d'incendie, celui-ci se présente sous la forme d'une demi-voûte de brique maçonnée de terre réfractaire et close d'un mur percé d'une petite porte pour l'enfournage. Invariablement abrité par un auvent de tuiles, le four landais cuisait le pain de seigle pour toute la semaine ainsi que les tourtières.

Un peu plus loin, se trouvaient la grange, la porcherie et le clapier, bâtis à colombages, sur le modèle de la maison. Seule différence, l'entre-colombages était clos de planches, et non de torchis. Quant au poulailler traditionnel, il garde le mérite de l'originalité. Tout de bois lui aussi, il est perché sur quatre poteaux et son plancher à claire-voie permet l'écoulement de la fiente. Une échelle rudimentaire, à un seul montant, permet aux poules d'y grimper. Pas au renard !

La bergerie, elle, subsiste sous deux types : la bergerie-parc, édifiée sur le modèle de la grange, et la borde, plus ancienne, dont très peu d'exemplaires ont, comme à Marquèze, conservé leur toit de chaume de seigle ou d'ajoncs.

La borde de Marquèze est une des rares à avoir gardé son toit de chaume

Élément familier de la zone forestière, où la nappe phréatique est généralement peu profonde, le puits n'est pas sans rappeler les puits à balancier de l'Afrique du Nord. Sur un poteau vertical planté à côté de la margelle de briques ou de garluche, s'articule, en effet, une longue perche lestée d'une grosse pierre. Le seau peut ainsi être remonté sans effort.

Dans l'immensité landaise, où des distances considérables séparaient parfois les quartiers, l'airial devait permettre aux ruraux de vivre le plus possible en autarcie. Un rucher, un verger et un petit vignoble assuraient ainsi la subsistance de la famille. Un champ de chanvre produisait le textile. Les bosquets de pins fournissaient pour leur part bois et charbon de bois, ainsi que la résine pour l'éclairage. Si la galette de maïs constituait la base de la nourriture dans les temps anciens, on pêchait beaucoup poissons et anguilles dans les ruisseaux et les étangs, et la lande regorgeait d'un gibier que l'on chassait allégrement.

MOULINS DE LA LANDE

Dans ce tour d'horizon de la vie sur l'airial, autrefois, il faut accorder une attention spéciale aux moulins. L'abondance des eaux de ruissellement a entraîné leur multiplication dans le département des Landes dès les temps les plus reculés. De sorte qu'on en dénombrait près de sept cents en 1852, soit un pour 440 habitants. Un chiffre record qui ne surprend pourtant pas quand on se souvient que les céréales – seigle et millet – représentaient alors l'essentiel de l'alimentation populaire et que chaque communauté, airial ou village, avait intérêt à résoudre seule ses problèmes de nourriture.

Les moulins à eau des Landes forestières sont généralement en bois. C'est le cas pour celui de Houns, à Lencouacq, reconstruit en 1912. En revanche, les colombages du moulin de Lestrat, sur la même commune, comme les planches de celui de Luxey, s'appuient sur une base de maçonnerie.

Mais le plus bel exemple de l'architecture hydraulique landaise se trouve à Marquèze. Si le moulin d'origine a disparu depuis longtemps, les responsables du Parc régional des Landes de Gacogne l'ont très intelligemment remplacé par le moulin de Poussade, naguère situé à Geloux. Le bâtiment a ainsi été

Dans la Grande Lande, fenêtre à barreaux de bois, sans croisée ni volet, que fermait un simple rideau

LES MAISONS DES ANGLAIS

Dans le sud et l'ouest des Landes, principalement dans le Marensin, on trouve de nombreuses demeures au pignon décoré de colombages serrés en losanges. Ces maisons des Anglais, comme on les appelle ici, remonteraient, selon la tradition, à l'occupation des Plantagenêts. Aucune, cependant, ne serait antérieure à la fin du règne de Louis XIII.

entièrement réinstallé près d'un petit affluent de l'Eyre, l'Escamat, bien à l'abri des crues subites de la rivière, sur un bief bordé d'un parapet en garluche du plus bel effet. Juché sur ses pilotis, tout de colombages et de torchis, couvert de tuiles-canal dans la plus pure tradition, le moulin de Marquèze ne comporte qu'une pièce carrée à laquelle on accède par une passerelle de bois. Ses deux meules fonctionnent, l'une broyant les gros grains (maïs et seigle), l'autre les grains plus petits (millet et panis). Un beau mécanisme métallique permet de régler l'écartement des meules selon le type de mouture souhaité.

Entièrement reconstruit, le moulin de Marquèze possède ses roues à aubes qu'actionne une chute d'eau

Outre son pittoresque indéniable, le moulin de Marquèze rappelle à propos une particularité de l'histoire sociale des Landes. Tandis que dans les provinces voisines, en effet, les moulins faisaient partie des privilèges du seigneur, on sait, par les archives anciennes, et en particulier par les *Rôles gascons,* que les habitants de la paroisse de Sabres, comme ceux de Labouheyre, avaient obtenu, en 1241, de devenir des hommes "libres et francs" contre le versement annuel d'une "quête" à leur seigneur. Cela leur donnait le droit non seulement "de prendre terres, landes, bois, pierres, eaux et rivières vacants et padouens (pâturages)", mais aussi "de bâtir maisons et moulins" à leur guise. Au moment de l'abolition des droits féodaux, en 1789, cette redevance, force est de le constater, était devenue dérisoire : l'équivalent du prix de deux moutons partagé entre tous les chefs de famille de la seigneurie !

LA MAISON PEYNE ET SA CACHETTE

Cette maison capcazalière, située à Laurède, remonte aux années 1600. Elle a conservé ses hautes cheminées de pierre, son escalier à balustres, ses fenêtres à meneaux d'origine et sa belle porte sculptée de facture Renaissance. Propriétaires d'un domaine agricole important, les capcazaliers de Peyne furent amenés à jouer un rôle historique aux heures noires de la Terreur. On peut encore voir, en effet, la cachette qu'ils avaient aménagée pour abriter des prêtres réfractaires.

FERMES EN CHALOSSE

Le contraste est flagrant entre les Landes forestières et la région qui s'étend des rives de l'Adour au sud du département, "la terre", comme la nomment les Landais. Tandis que certains économistes n'hésitent pas à parler "des" Chalosses pour désigner la Chalosse proprement dite, mais aussi le pays d'Orthe, le Tursan et l'Armagnac landais.

À Arjuzanx, maison de brique typique du pays de Born

La rive gauche du fleuve s'arrondit de collines et d'aimables coteaux dont l'altitude maximale, à Mant, dépasse à peine les deux cents mètres. De nombreux ruisseaux, tels le Gabas, le Louts, le Luy de France ou le Bahus, sillonnent les champs, bordés d'aulnes, de frênes et surtout de chênes.

Le sol varié et fertile a favorisé là l'implantation d'une agriculture diversifiée dont le tiercé gagnant reste le maïs, l'élevage des volailles et la vigne, installée de longue date du Tursan à l'Armagnac.

L'économie des Chalosses fut longtemps régie par les lois du métayage. Sous l'Ancien régime, les terres appartenaient au seigneur, laïc ou ecclésiastique, ou aux capcazaux, avant de passer, après la Révolution, aux mains du maître, "lou meste" en gascon. Rien d'étonnant donc à ce que l'habitat traditionnel reflète la distance sociale qui régnait entre le propriétaire et ses fermiers.

Le type de la maison de maître la plus ancienne reste la maison dite capcazalière. L'étymologie de ce terme est éloquente : "cap" signifie le premier, le chef, "caza" ou "casaou" l'habitation. La maison capcazalière, institution spécifiquement régionale, serait, selon les spécialistes, une survivance directe de l'occupation romaine en Gascogne.

Le domaine de Carcher, à Montfort-en-Chalosse, riche de réminiscences béarnaises, est devenu un passionnant musée rural

LE BACHEREY ET LA LIMANDE

Le meuble le plus typique de la maison traditionnelle de la Grande Lande est l'égouttoir à vaisselle, appelé ici "bacherey". Façonné en saule, en frêne ou en acacia, plus souvent en pin, il se présente sous la forme d'un joli caisson à claire-voie. Dans l'Armagnac, on trouve, dans certaines demeures anciennes, de curieux bahuts dont la profondeur dépasse rarement les 30 centimètres. Baptisés "limandes" depuis le XVIIe siècle, ces buffets étaient autrefois fabriqués par les montagnards béarnais qui venaient les écouler sur les foires d'Auch et d'Aire-sur-l'Adour. Leur épaisseur réduite s'expliquerait par les difficultés que posait leur transport sur les sentiers pyrénéens.

Classe intermédiaire entre l'aristocratie et la paysannerie, les capcazaliers ont, depuis le Moyen Âge et jusqu'en 1789, joui de privilèges particuliers. Comme les nobles, ils étaient autorisés à prendre le nom de leur terre. Comme les nobles aussi, ils pouvaient posséder un colombier, source capitale de richesse à une époque où n'existait pour toute fumure que le seul engrais animal. Caractéristiques, avec leur façade-pignon percée de fenêtres à meneaux, les maisons capcazalières se distinguaient encore par un trottoir pavé de galets tirés des gaves.

Les droits des capcazaliers relevaient d'un code rigoureux. Leurs franchises, par exemple, se voyaient confirmées par un pin, fièrement planté dans l'enclos de leur domaine. Un arbre si hautement symbolique que beaucoup de propriétaires de la Chalosse exigeaient d'être ensevelis dans un cercueil fait de son bois.

La Révolution ayant aboli les privilèges féodaux et modifié la nature juridique des relations humaines, on ne trouve plus guère que cinq capcazalières authentifiées de façon certaine par les spécialistes. Il s'agit de la maison Peyne de Laurède, de la maison Luppé de Saint-Pandelon, de celles de Beyrie à Estibeaux, du Brouchoua à Tercis et du Pachiou à Mimbaste.

Quant à Carcher, à Montfort-en-Chalosse, dont l'édification remonte au XVIIe siècle, un doute plane sur ce magnifique domaine au caractère béarnais peu contestable. Il ne ressemble, en effet, en rien aux demeures déjà citées. Restauré avec un rare discernement et désormais aménagé en musée des arts et traditions populaires, il n'en offre pas moins un témoignage exceptionnel de la vie en Chalosse au siècle dernier.

Par rapport à la maison de maître, la maison rurale, dévolue aux fermiers et métayers avec qui le propriétaire foncier passait contrat, se présente sous un jour plus modeste. Le type traditionnel comporte une façade à pignon, généralement orientée face au levant, et pourvue d'un toit à double pente couvert de tuiles-canal. Les murs de moellons, parfois mêlés de briques, sont la plupart du temps recouverts d'un crépi auquel le sable du pays confère une teinte ocrée, particulièrement chaleureuse.

On ne saurait évoquer cet humble patrimoine rural sans noter que les bâtisseurs de Chalosse ont su résister aux influences des provinces voisines. Ici, pas d'auvent comme dans les Landes

forestières. Pas de décorations exubérantes comme en Pays Basque : si les maisons du Pays d'Orthe sont passées à la chaux, à l'instar de celles de la région de Bayonne, leur façade reste dépouillée. Pas de toit béarnais non plus : l'influence du voisin se limite à quelques lits de galets visibles dans l'appareil des murs du côté d'Aire-sur-l'Adour et dans la vallée du Luy.

À l'intérieur, la maison de Chalosse affiche une organisation bien spécifique. Elle est en effet divisée en trois travées longitudinales. Au centre, une grande pièce, appelée "sèo" ou "saous", s'ouvre en façade par une porte charretière à deux vantaux. Sur un des côtés du sèo, s'étend l'aile réservée à l'habitation, comprenant la salle commune avec sa cheminée, la cuisine avec l'évier, et les chambres. Sur l'autre côté, l'étable et le chai rappellent qu'on est ici en région de polyculture et d'élevage. C'est dans le sèo que se trouve l'escalier qui permet d'accéder au grenier situé à l'étage sous le vaste toit. Mais le sèo n'est pas qu'un simple passage. Il sert également de remise pour les outils, et d'atelier pour toutes les opérations agricoles qui ne peuvent s'effectuer qu'à l'intérieur. Ainsi, on y sèche les haricots, on y dépouille le maïs, on y prépare confits de volaille et conserves. Sans oublier, bien sûr, ces foies de canards gras qui ont tant fait pour la réputation du pays.

La maison "de la terre" telle qu'on la concevait autrefois dans la campagne chalossaise

Si le sol du sèo était naguère de terre battue, celui de la salle, de la cuisine et des chambres était couvert de carreaux de terre cuite ou de dalles grises de Bidache.

Bien entendu, cette maison-type ne va pas sans quelques variantes locales. C'est le cas dans la partie de la Chalosse comprise entre Montfort et Hagetmau comme dans le Tursan. Si la façade ne change guère, le sèo se voit souvent réduit aux dimensions d'un corridor desservant les pièces d'habitation. Parfois même la porte charretière ouvre directement dans la salle commune. Dans ces régions, il arrive aussi que l'étable soit séparée du bâtiment principal.

L'ALAMBIC A DE LA BOUTEILLE

Propriété du Conseil général des Landes depuis 1905, le domaine d'Ognoas, sur la commune d'Arthez-d'Armagnac, s'enorgueillit de posséder le plus vieil alambic de Gascogne, construit en 1804.

DU CÔTÉ DES ALAMBICS

À la pointe est des Landes, enfin, la maison rurale du Haut-Armagnac rappelle les liens historiques tissés entre cette partie du département et le Gers voisin. Des liens scellés par le terroir, la culture de la vigne et la fabrication de la fameuse eau-de-vie. Plan en L ou en U, cour fermée, emploi plus fréquent des briques de

Grosse propriété viticole du Tursan qu'agrémente une tourelle

UNE EAU... DE VIE

Un traité de recettes médicinales de 1441, des archives du Gers, affirme que l'"aygue ardente", comme on appelait alors l'armagnac, avait la propriété de guérir des maux aussi divers que les phlegmons, les douleurs de rate et de foie, les rages de dents, les migraines, les rhumes, les chancres et la paralysie. "Elle aiguise aussi l'entendement, fait bonne la mémoire, conserve la jeunesse, donne joie et allégresse, tranche les pierres de la vessie, fait passer la mélancolie et est un bon remède pour ceux en qui est entré le démon".

terre crue et des colombages caractérisent les exploitations agricoles et viticoles des deux côtés d'une frontière plus administrative qu'effective.

Une autre remarque s'impose. Si les rapports sociaux ont évolué depuis le début de ce siècle, si, en Chalosse, le fermage a massivement supplanté le métayage dès l'Entre-deux-guerres, et si l'accession à la propriété s'est développée depuis les années 1950, le visage du pays, lui, s'est peu modifié. Cela est particulièrement frappant dans le cas des exploitations viticoles. Aucun château, aucune chartreuse n'ont été construits, pas de chais

Le musée du Château Garreau recèle une belle collection d'alambics

commandés à des architectes de notoriété internationale comme en Médoc. En Tursan, comme en Chalosse, il n'est d'ailleurs pas dans les habitudes des récoltants de pratiquer la mise en bouteille à la ferme.

En Armagnac, néanmoins, si la majorité des petits propriétaires font encore appel aux services des distillateurs ambulants, les fameux "brulabis" qui parcourent le pays avec leur alambics de cuivre, plusieurs châtelains maintiennent une tradition viticole à la propriété. Ainsi en est-il au château de Ravignan, près de Perquie, ou au château de Lacaze, près de Sarran, dont les chais pittoresques émaillent la belle prairie qui s'étend face à l'ancienne forteresse médiévale.

On ne manquera pas non plus de visiter le château Garreau, où Charles Garreau, physiocrate moderne tout à la fois médecin, physicien, chercheur et viticulteur, a aménagé, sur les 80 hectares que comporte son domaine, un bassin d'aquaculture, un parc ornithologique, un arboretum et un carré réservé à la culture expérimentale de la vigne. Dans l'antique grange du château, du XVIe siècle, il présente en outre un Musée du Vigneron, riche d'une panoplie d'outils et d'instruments d'autrefois, et il a encore installé un impressionnant Musée des Alambics près de ses chais centenaires.

On pourra y découvrir l'aventure étonnante de la distillation. Inventée par des médecins arabes du Xe siècle, perpétuée par les alchimistes du Moyen Âge, il lui faudra attendre cinq cents ans avant de conquérir le marché de Saint-Sever. Et de devenir l'objet d'une véritable industrie. Les eaux-de-vie landaises, contrairement à leurs sœurs cognaçaises, sont distillées en continu. Cette méthode complexe, dont le brevet remonterait à 1818, a la particularité de recycler les "têtes" et les "queues" de l'alcool et de donner des eaux-de-vie plus fines. Au sortir de l'alambic de cuivre, celles-ci seront mises à vieillir dans des fûts. De chêne du pays, bien entendu, tant il est vrai que ces arbres font également partie du patrimoine landais.

Cet aperçu de l'architecture traditionnelle de la vallée de l'Adour serait incomplet si l'on n'évoquait, là aussi, les moulins. N'en recensait-on pas sept à Amou autrefois, et jusqu'à vingt et un à Pouillon ?

Appareil de garluche et de moellons dans la région de Bélus

Comme les maisons, les moulins de Chalosse et du Tursan sont généralement de pierres. Montés en garluche, comme celui du château de Lamothe, près de Pouillon, ils sont plus souvent construits avec les galets des fleuves et des gaves, liés au mortier. Confectionnés avec les sables ocres de la région, les moulins de Pimbo, d'Arboucave ou de Samadet conservent un grand charme. Et lorsqu'ils sont fortifiés, ils nous renvoient à la fin de l'occupation anglaise, comme à Labastide-d'Armagnac. Le moulin de Larbey, sur la Gouaougue, petit affluent du Louts, serait encore plus ancien. Les historiens le datent du XIIe siècle, mais les habitants de la région, eux, en ont longtemps attribué la construction aux fées. Celles-ci auraient édifié, en même temps que ce moulin, la tour-donjon voisine de Poyaler. En une seule nuit et en se lançant les outils par-dessus le coteau...

Vieux moulin abandonné au bord du Suzan

LE TEMPS DES BASTIDES

A la veille de la guerre de Cent ans, le paysage urbain du sud et de l'est des Landes commence à se dessiner, prenant même parfois une apparence qu'il gardera jusqu'à nos jours. On assiste alors à un regroupement de l'habitat et à la naissance du village au sens moderne du terme.

Cette évolution, amorcée au XIe siècle par la création de castelnaux et de sauvetés, connaîtra ensuite une étape décisive avec la fondation d'une quarantaine de bastides, aux XIIIe et XIVe siècles.

Pour comprendre cette émulation subite, il faut remonter à 1152. Au printemps de cette année-là, intervient le "divorce" de Louis VII de France et Aliénor d'Aquitaine. Laquelle, moins de deux mois plus tard, convole avec Henri Plantagenêt, son cadet de dix ans, prince extrêmement puissant puisque déjà duc d'Anjou et de Normandie. Le coup de foudre de la belle volage est également une formidable manœuvre politique. Car voici qu'en 1154, son nouvel époux hérite de la couronne d'Angleterre. Dès lors, face au minuscule royaume de France, ne dépassant guère l'Ile-de-France, va se dresser, de l'Écosse aux Pyrénées, le domaine du Plantagenêt. Même si celui-ci demeure le vassal de

Autour de la place centrale de la bastide, les couverts aux gracieuses arcades abritaient les échoppes des marchands

Louis VII pour ses possessions aquitaines, il est plus que largement en mesure de tenir la dragée haute à son suzerain !

Les péripéties de leur rivalité vont durer... trois siècles, se prolongeant à travers les générations et mettant sans cesse en péril les fragiles équilibres locaux. Toujours prompts à se quereller au moindre prétexte, les seigneurs des marches frontières profitent, en effet, de cette situation pour le moins paradoxale pour monnayer leurs alliances, tantôt pro-anglais tantôt pro-français selon que tourne le vent de l'Histoire. Situées à la charnière des deux royaumes, les Landes seront le terrain d'une guerre à épisodes dont les dernières opérations auront lieu dans la région proprement dite en 1451. Mais qui ne s'achèvera officiellement que deux ans plus tard, après la défaite des Anglo-Gascons à la bataille de Castillon.

Dans ce contexte troublé, chacun des deux partis, anglais et français, cherche à poser ses marques. On renforce donc d'abord les "castelnaux", établis, comme leur nom l'indique, près du château féodal. Les paysans qui viennent se fixer à l'ombre du donjon attendent du seigneur qu'il les protège contre les agressions extérieures. En contrepartie, il leur fait payer son aide au prix fort, prélevant maintes taxes sur les terres qu'il leur donne à cultiver. Parmi les castelnaux les plus célèbres des Landes, on trouve Mont-de-Marsan, fondée vers 1135-1140 par Pierre de

Vues du pont Eiffel, vieilles maisons à balcons de bois au bord de l'Adour, à Grenade

VALET DE CŒUR

Etienne de Vignolles, dit Lahire, est sans doute une des plus grandes figures du Moyen Âge. Une époque où le courage – le cœur comme on disait – était tenu pour la principale des vertus. Et du cœur, Lahire n'en a pas manqué. Né à Préchacq à la fin du XIVe siècle, ce nobliau landais s'est illustré au combat dès son plus jeune âge. Au point d'être promu capitaine des armées françaises dès 1418. Fidèle compagnon de Jeanne d'Arc, il tenta même de faire évader la Pucelle de Rouen, en 1431. La postérité ne devait pas oublier ce haut fait. Au XVIIe siècle, un cartier lui fit l'honneur posthume de donner son nom au valet de cœur. Le terme de valet, loin d'avoir la connotation un tantinet méprisante qu'il a acquise par la suite, désignait alors, ne l'oublions pas, le "compagnon d'armes".

Lobaner, vicomte de Marsan. Ou Castelnau-Tursan, dont les maisons s'étirent le long d'une crête étroite, au pied d'une motte féodale toujours visible aujourd'hui.

À côté des castelnaux, les "sauvetés", apparues à la même période, sont des terres d'asile créées par l'Église. Les habitants viennent ici se placer sous la protection d'un établissement ecclésiastique qui les garantira des violences et de l'arbitraire des seigneurs-pillards, exposés au châtiment éternel s'ils violent la "Paix de Dieu". Naturellement, les religieux qui fondent une sauveté escomptent bien, eux aussi, tirer un profit substantiel de leur initiative, puisque les paysans qui s'installent dans l'espace sacré travaillent à sa mise en valeur. Dans les Landes, Lüe et Mimizan figurent parmi les sauvetés importantes.

UN AMÉNAGEMENT DU TERRITOIRE

Apparues entre 1270 et 1360, les bastides landaises, au nombre d'une vingtaine, ne sont pas des pionnières. À l'époque, on en rencontre déjà en Périgord, en Quercy, en pays toulousain et en Agenais, avec une forte concentration entre le Lot et le Dropt, l'Ariège et la Baïse. C'est d'ailleurs là que se trouvent les plus anciennes, comme Cordes, en Albigeois, créée en 1222.

Durant cent cinquante ans, trois cents bastides environ vont éclore en Aquitaine et en Midi-Pyrénées, les pouvoirs alors présents dans le grand Sud-Ouest renchérissant à coups de chartes de fondation.

Ces villes nouvelles sont les fruits d'une évidente volonté d'aménagement de la part d'un prince, d'un seigneur laïc ou ecclésiastique, et leur création aura un double effet. D'une part, elles déplaceront le nœud vital du village, du château ou de l'abbaye vers le marché. D'autre part, elles permettront au villageois d'accéder à un nouveau statut social : la citoyenneté responsable.

Le territoire choisi pour poser la première pierre d'une bastide n'est pas forcément vierge. Il est souvent arrivé que des castelnaux, des sauvetés, des hameaux préexistants soient transformés en bastides à la fin du XIIIe ou au début du XIVe siècle. Deuxième point essentiel : les bastides résultent souvent de l'alliance objective de plusieurs hauts personnages. Un contrat, dit de paréage, établit alors le juste partage des profits entre les différents signataires. Ce sera l'occasion pour certains de restaurer leur fortune, souvent mise à mal par les escarmouches qui ont précédé la Guerre de Cent ans.

Après signature du contrat, un mât est solennellement planté au centre du territoire choisi, dont les arpenteurs délimitent alors le périmètre exact, avant d'en commencer le quadrillage en parcelles égales. Il s'agit, en effet, d'attirer au plus vite le plus grand nombre d'habitants. Chacun d'eux recevra un lot où il pourra construire, ainsi qu'un jardin, une vigne et un champ. En contrepartie, il acquittera un impôt foncier.

Pour mieux garantir la réussite de l'entreprise, les fondateurs accordent également aux candidats des libertés et franchises politiques et économiques attractives. Ces privilèges sont consignés dans la charte des coutumes. Même si chacune des bastides affiche des variantes particulières, d'une façon générale, le caractère novateur et libéral des textes ne manque pas de surprendre. La liberté

Dominant le confluent de la Douze et de l'Estampon, l'antique bastide de Roquefort a subi maintes reconstructions au fil des siècles

individuelle est, en effet, assurée à quiconque se tient dans son droit, tout comme la protection des personnes et des biens. La charte d'Hastingues précise ainsi que si quelqu'un contracte une dette "quelle que soit son importance, on n'enlèvera pas la toiture de la maison du débiteur, on ne saisira pas ses vêtements d'usage, ses objets de literie, ses instruments de travail ni ses armes personnelles."

La fiscalité instaurée par les fondateurs des bastides témoigne également d'une tentative de rationalisation. Aux impôts féodaux traditionnels, multiples et arbitraires, tels la taille ou la quête, se substitue une imposition foncière égale pour tous. La gestion de la communauté elle-même constitue une petite révolution. Certes le "bayle", qui représente les fondateurs sur le terrain, a pour mission de gérer la bastide au mieux de leurs intérêts. Mais son pouvoir est contrebalancé par celui d'un collège de jurats ou de consuls, élus par les habitants. Leur mandat est cependant limité à un an, afin de les empêcher de jouer les potentats locaux...

Le plan du nouveau village est un modèle d'urbanisme. Il s'organise autour d'une place centrale, carrée ou rectangulaire,

Ce chapiteau finement ciselé et cet angelot traduisent le souci de décoration qui anima les constructeurs de la place Royale à Labastide-d'Armagnac

bordée d'arcades ou "couverts" abritant les échoppes des commerçants et des artisans. C'est sur cette place que se tient le marché et que sera bientôt élevée la halle. Les maisons des colons, elles, sont construites en îlots, carrés ou rectangulaires. Elles sont séparées les unes des autres par d'étroites venelles, dénommées "andrones" en jargon architectural, destinées à pallier les risques d'incendie. Édifiées en bois à l'origine, les maisons des bastides seront presque toutes reconstruites en pierres ou briques aux XVe et XVIe siècles. Mais sans déroger au plan premier dont l'intelligence reste admirable.

La cohésion de l'ensemble urbain est assurée par un réseau de routes et de rues. Les axes qui permettent l'accès des charrettes jusqu'à la place sont plus larges que les voies traversières desservant les îlots. Si le terrain s'y prête, comme à Grenade ou à Labastide-d'Armagnac, rues et ruelles se couperont à angle droit. S'il est plus accidenté, comme à Coudures ou Pimbo, la géométrie sera modifiée "en nervures de feuilles d'arbre" ou "en arêtes de poisson". À Hastingues, deux rues principales convergent aux deux extrémités du village. Montfort comporte trois artères parallèles, tandis que Buanes ne possède qu'une seule rue et que Grenade se déploie de manière quasi circulaire.

Le plan le plus parfait reste celui de Geaune, où vingt-cinq îlots carrés, prévus pour quatre cents maisons, quadrillent ville et campagne, formant un impeccable damier.

Destinées à structurer un tissu rural anarchique, les bastides n'étaient pas, au départ, censées recevoir des fortifications. Le château, tout proche, devait théoriquement suffire à assurer la défense des villageois. Pourtant, les aléas de la Guerre de Cent ans les amèneront souvent à se protéger de remparts plus ou moins élaborés. Ici une simple levée de terre, là, au contraire, un véritable mur d'enceinte renforcé de tours comme à Villeneuve-de-Marsan.

JUSTICE À HASTINGUES

Les coutumes de la bastide de Hastingues, fondée en 1321, présentent un embryon de code pénal résolument révolutionnaire pour l'époque. Ainsi, au chapitre des crimes, il est stipulé que quiconque commettra un homicide sera condamné à mort si l'enquête a pu établir la preuve de sa culpabilité. Toutefois, si le crime a été commis en état de légitime défense, le meurtrier n'acquittera qu'une simple amende. Mieux, si l'enquête n'a pas été concluante, la dénégation de l'accusé suffira à son absolution. Un article qui préfigure nettement la Déclaration des Droits de l'homme.

UN SUCCÈS VARIABLE

Le succès remporté par cette tentative de colonisation fut loin d'être partout éclatant. De très sérieuses études, confortant d'ailleurs une observation attentive des villages, montrent que les échecs et les demi-réussites furent nombreux dans les Landes.

SAUVETÉS LANDAISES

On peut encore voir, dans la campagne autour de Lüe ou de Mimizan, d'étranges fûts cylindriques surmontés d'une croix de pierre. Ce sont quelques-unes des bornes délimitant le périmètre des anciennes sauvetés, espaces à l'intérieur duquel les habitants jouissaient de la fameuse "Paix de Dieu".

Les experts les attribuent à une surévaluation de la démographie et de son développement possible à l'époque de la fondation. Mais il se peut aussi que des seigneurs aient interdit à leurs gens d'aller s'installer dans le "lotissement" ouvert par un concurrent, voire un ennemi. Ou encore que le terroir se soit révélé trop pauvre pour que l'opération soit viable.

On peut en tout cas constater que les bastides "à succès", celles qui sont parfois devenues d'importants chefs-lieux de canton, se sont développées en milieu déjà favorable. Ainsi Port-de-Lanne dut sa fortune à sa situation fluviale, Geaune au vignoble du Tursan dont les futailles étaient exportées vers l'Angleterre ou la Hollande via l'Adour et Bayonne dès le XVe siècle...

Fondée à la fin de l'occupation anglaise, Hastingues, bastide fortifiée, se mire dans les eaux calmes des Gaves réunis

Il est par ailleurs difficile de donner une liste exhaustive et exacte des bastides landaises, archives et documents ayant trop souvent disparu. Quand ce ne sont pas les villes elles-mêmes qui ont été rayées de la carte. Néanmoins, les historiens retiennent d'ordinaire, et par ordre alphabétique : Arouille, Arthez-d'Armagnac, Baigts, Betbezer, Bonnegarde, Buanes, Cazères-sur-l'Adour, Coudures, Duhort-Bachen, Geaune, Grenade, Hastingues, Labastide-Chalosse, Labastide-d'Armagnac, Mauvezin d'Armagnac, Miramont-Sensacq, Montégut, Montfort-en-Chalosse, Pimbo, Port-de-Lanne, Rondebœuf à Castandet, Saint-Gein, Saint-Justin, Saint-Maurice, Sorde-l'Abbaye (dont deux quartiers, le Bourg-Neuf et le Maubourguet, présentent un

AUDIJOS LE REBELLE

Jaloux de leur autonomie, les Landais n'ont jamais accepté que du bout des lèvres la politique centralisatrice de Paris. Surtout lorsqu'elle s'accompagnait de nouvelles taxes, directes ou indirectes. L'impôt sur le sel, la fameuse gabelle, instituée par Colbert, fut ainsi, au milieu du XVIIe siècle, la cause d'une flambée de violence qui prit des allures quasi révolutionnaires en Chalosse. La sédition atteignit son paroxysme entre 1663 et 1666, sous la bannière de Bernard d'Audijos, un petit noble originaire de la bastide de Coudures. Il organisa une véritable guérilla contre les soldats du roi. Et ceux-ci piétinèrent longtemps dans le bocage hostile, harcelés par des ennemis "invisibles" qui bénéficiaient autant de leur parfaite connaissance du terrain que de la complicité active des populations.

La maison du capitaine de Malartic, compagnon de Henri IV, est un des fleurons de Labastide-d'Armagnac

parcellaire en lanières), Souprosse, Toulouzette et Villeneuve-de-Marsan.

DE BEAUX RESTES

Quelques-unes de ces bastides méritent un vif intérêt. Ainsi Pimbo, en Tursan, serait la plus ancienne bastide des Landes. Elle aurait été fondée dès 1268 par le futur roi d'Angleterre, Edouard Ier, sur les bases d'un village fort ancien. La tradition veut, en effet, que l'église paroissiale actuelle ait pris la relève d'une collégiale construite au temps de Charlemagne.

Le nom de Geaune, capitale de la même région du Tursan, vient de Gênes (naguère *Genoa*), dont était originaire Antoine Pessagne, sénéchal de Gascogne pour le roi d'Angleterre. C'est en 1318 qu'il signe, avec le seigneur Pierre de Castelnau-Tursan, le contrat de paréage dont naîtra la bastide. On peut encore voir sa place carrée, bordée sur trois côtés d'arcades et de maisons à encorbellement. La halle qui en occupait le centre a malheureusement été démolie en 1880.

Grenade-sur-l'Adour, qui signifie étymologiquement "riche en grains" (*granata*), a été fondée dans le premier quart du

Le lavoir de Labastide (XVIIe siècle) résonne encore, parfois, aux coups de battoir de la lavandière

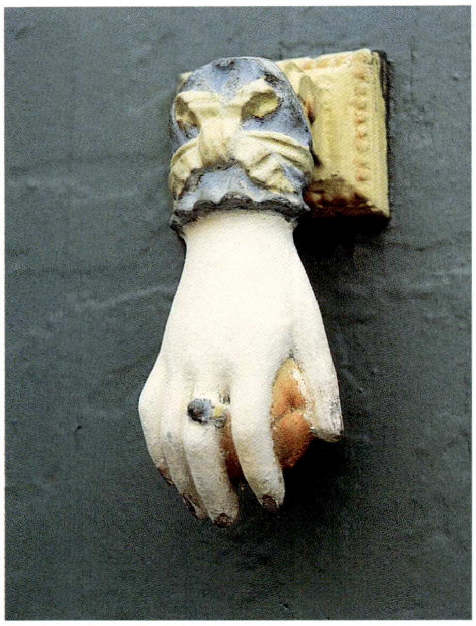

XIVe siècle. Sous l'égide de la vicomtesse de Foix et Marsan et de Jean Charrault, commandeur de l'hôpital de Saint-Antoine de Gaulony, tous deux partisans de l'Anglais. Les noms des rues de la bastide (rue des Remparts, rue du Chemin-de-Ronde, rue des Fossés) rappellent son histoire mouvementée. La place centrale s'orne de couverts. De belles maisons à balcons de bois bordent l'Adour que traverse le pont Eiffel.

Perchée sur un coteau qui domine les Gaves Réunis, en amont de leur confluence avec l'Adour, site stratégique s'il en est, Hastingues rappelle le souvenir de John de Hastings, sénéchal de Gascogne pour le roi d'Angleterre Edouard Ier. C'est en 1289 que ce dernier transforma l'ancien bourg médiéval en bastide, par contrat de paréage avec les religieux de l'abbaye d'Arthous. Dès 1303, Hastingues recevra des fortifications de fortune : un simple rempart de terre, dans lequel s'ouvre une porte de pierre, d'où part la rue principale. Large de six mètres, celle-ci est bordée de maisons à pignons, de six mètres de large elles aussi, traduisant la division de l'espace de la ville nouvelle en parcelles uniformes.

Sur un piton qui surplombe le confluent de la Doulouze et de l'Estampon, Roquefort remonte à l'antiquité pré-romaine. D'abord développé autour de la motte féodale, le bourg sera converti en bastide en 1357. Celle-ci était défendue par le château de Pennecadet, et dotée d'un moulin seigneurial. La ville actuelle conserve de nombreux vestiges de sa puissance militaire passée, comme le clocher-donjon de l'église Notre-Dame, qui fut à l'origine un prieuré dépendant de l'abbaye de Saint-Sever.

Enfin, Labastide-d'Armagnac, la mieux préservée sans doute, a été fondée en 1291 par le comte Bernard d'Armagnac et le roi d'Angleterre Edouard Ier qui lui accorda ses coutumes trois ans plus tard. Destinée à protéger la frontière du comté d'Armagnac, pro-anglais, contre les turbulents seigneurs de Foix favorables au souverain de France, elle fut dotée de fortifications. Richelieu devait par la suite les faire détruire, la cité étant devenue, à la Réforme, un foyer de calvinisme militant. Située au cœur de la ville, la place Royale, parfait exemple des places à arcades médiévales, est entourée sur trois côtés de pittoresques maisons à couverts et à cornières.

On ne manquera pas d'y admirer la demeure du sieur de Malartic, capitaine de Henri de Navarre, avec ses colombages

À Labastide-d'Armagnac, un heurtoir raffiné jusqu'au bout des ongles...

LE CAPITAINE DE MALARTIC

Le Vert-Galant, roi populaire s'il en est, savait autant séduire les belles que galvaniser les hommes. En témoigne l'aventure du cadet de Gascogne Jehan de Malartic. Originaire de Labastide-d'Armagnac, où l'on peut encore admirer sa maison, celui-ci s'était engagé dès son jeune âge auprès du roi de Navarre et devait combattre à ses côtés jusqu'à sa mort. Le capitaine de Malartic ne fit qu'une infidélité à Henri, devenu souverain de France après sa conversion au catholicisme : il demeura huguenot. C'est d'ailleurs au temple protestant de Labastide qu'il fit baptiser, en 1615, sa dernière fille Éléonore.

serrés caractéristiques des façades des maisons dites "des Anglais". L'église Notre-Dame, pourvue d'une tour fortifiée percée de meurtrières, servant tout à la fois de porche, de clocher et de donjon, la mairie et la halle, occupent le quatrième côté de la place. Au pied de la cité, on trouve le lavoir, qui, dans sa forme actuelle, date du XVIIe siècle, et, sur la Douze, en contrebas, les ruines d'un vaste moulin fortifié du XIVe siècle.

Décrétée gersoise par l'Assemblée Constituante en 1790, Labastide-d'Armagnac ne fut rattachée aux Landes qu'en 1850. Véritable joyau architectural et historique, elle reste une des cités les plus charmantes du département. Sa renommée ne date d'ailleurs pas d'aujourd'hui. Ne dit-on pas que le roi de Navarre, devenu roi de France, s'inspira de sa place principale pour faire dessiner les plans de la fameuse place des Vosges, à Paris ?

À l'écart des grands axes, Mauvezin-d'Armagnac entretient avec un soin jaloux ses magnifiques maisons à pans de bois

UNE CAPITALE ET DE FIERS CHEFS-LIEUX

"L'Assemblée des Landes se tiendra provisoirement à Mont-de-Marsan". Ainsi en décidèrent les députés de la Constituante, en février 1790. Il s'agissait alors de ménager les susceptibilités de villes comme Dax ou Tartas qui briguaient, elles aussi, le titre de chef-lieu du département.

Le provisoire dure maintenant depuis plus de deux siècles. Autant dire que la cité a eu tout son temps pour affirmer sa vocation administrative et s'ériger en véritable capitale. Avec les 35 000 habitants que compte son agglomération, Mont-de-Marsan se montre particulièrement animée et agréable à vivre aujourd'hui.

Installée dans une cuvette, la ville "aux trois rivières" est née au confluent du Midou et de la Douze qui forment la Midouze. À cet endroit stratégique s'il en est, le vicomte Pierre de Lobaner, le premier Montois dont l'Histoire ait retenu le nom, édifia un castelnau, dans les années 1130. Un bourg allait se déployer tout autour. Située sur une des grandes voies du pèlerinage de Compostelle pour le Sud-Ouest, Mont-de-Marsan sera bientôt dotée d'un prieuré. Dépendant alors de la Madeleine de Vézelay, celui-ci sera normalement dédié à sainte Madeleine, qui restera la patronne de la cité à travers les âges.

Place Joseph Pancaut, à Mont-de-Marsan, une restauration soignée a mis en valeur croisées et ferronneries des hôtels particuliers du XVIIIe siècle

UN TANDEM D'ARTISTES

Originaires tous deux de Mont-de-Marsan, Charles Despiau (1874-1946) et son élève Robert Wlérick (1882-1944) figurent parmi les sculpteurs les plus importants de l'Entre-deux-guerres. Puisant leur inspiration dans les modèles antiques, ils ont su donner à leurs réalisations une perfection intemporelle qui les place au-delà des modes.

L'ERMITAGE DE MARGUERITE

Sœur de François Ier et épouse de Henri de Navarre, Marguerite, précieuse avant l'heure, ne dédaignait pas son "ermitage" de Mont-de-Marsan. C'est dans cette ville qu'elle écrivit, en 1546, le prologue de son célèbre recueil de contes, intitulé "L'Heptaméron".

De son glorieux passé, Mont-de-Marsan conserve de belles demeures faites de cette pierre coquillière ocrée que l'on extrait des carrières de la région. Plusieurs possèdent de jolies fenêtres géminées. Une de ces maisons dites romanes a été rachetée par la municipalité et restaurée en 1970. Transformée en musée – le musée Dubalen –, elle abrite dorénavant des collections préhistoriques et géologiques. Non loin, le donjon Lacataye, ancienne tour de guet, remonte au XIVe siècle. Devenu en 1968 le musée Despiau-Wlérick, du nom de deux grands artistes montois, Charles Despiau et Robert Wlérick, et consacré à la sculpture contemporaine, il n'a, grâce à ses meurtrières et ses créneaux, intacts, rien perdu de sa fière allure.

À proximité, quelques vieilles maisons à colombages, rue Maubec, et des maisons à pontets, rue des Arceaux, permettent encore de se replonger dans l'atmosphère du Moyen Âge. Les vestiges des remparts bâtis sur ordre de Gaston Phœbus pendant la Guerre de Cent ans ont été aménagés, quant à eux, en esplanade-jardin.

Dès cette époque, un port va se développer sur la Midouze, rivière alors navigable qui se jette dans le fleuve Adour. Il connaîtra bientôt une activité intense. Recevant les blés et céréales de Gascogne, centralisant les bois et résineux des Hautes Landes et les vins de l'Armagnac, Mont-de-Marsan se présente, au XVIe siècle, comme "un des plus beaux marchés de France", de l'aveu de Blaise de Monluc. Un témoignage irréfutable : la ville ayant montré de la sympathie pour la Réforme, ce capitaine ultra-catholique avait été chargé, en 1569, de la ramener dans le giron de la France apostolique et romaine. Manu militari, évidemment.

Sous l'Ancien régime, la flottille de l'Adour se composait essentiellement de galupes. Sortes de gabares à fond plat, à flancs droits, sans quille ni gouvernail, mesurant entre 10 et 20 mètres de long, celles-ci étaient construites en chêne du pays, dans des chantiers locaux. Les manœuvres exigeaient la présence de deux hommes à bord : le navigateur posté à l'avant et le pilote qui, à l'arrière, dirigeait l'embarcation avec un grand aviron de pin. Du moins en descendant la rivière, car la remontée se faisait par halage, avec l'aide d'une paire de bœufs ou de mules. Au retour de Bayonne, gabares et galupes rapportaient du sel, des morues et des sardines, des laines d'Espagne ou des draps de Hollande.

Le succès des eaux-de-vie d'Armagnac, au Siècle des Lumières, aura de profonds retentissements sur la vie montoise. Et sur le visage de la ville où la bourgeoisie marchande se fait bâtir de beaux hôtels particuliers. Regroupés pour la plupart autour de la place Joseph Pancaut (anciennement place du Commerce), ou le long de la rue Dulamon, ils arborent toujours d'élégants encadrements de portes, des fenêtres couronnées de coquilles et des balcons décorés de ferronneries ouvragées. Celui des Dupeyré, près du pont du Commerce, aurait même été, dit-on, dessiné par Victor Louis, l'architecte du Grand-Théâtre de Bordeaux.

Par ailleurs, beaucoup de voies débouchant sur les bords de la Midouze, qui servaient jadis de rampes d'accès aux quais, ont

Au confluent de la Douze et du Midou, la minoterie du siècle dernier est devenue un centre culturel

gardé leurs noms d'autrefois, telles la rue Batelière ou la cale de la Marine. Mais ce sont là les seuls souvenirs du temps où Mont-de-Marsan jouait le rôle de port fluvial.

UNE BASE STRATÉGIQUE

La route et le rail, provoquant le déclin du commerce par voie d'eau, le port fut définitivement fermé en 1903. Mais, dès la Révolution, fonctionnaires et hommes de loi avaient pris le relais des négociants. Assumant pleinement son destin de chef-lieu de département, la ville s'était alors dotée de bâtiments administratifs dignes de sa nouvelle fonction. L'ingénieur-architecte David-François Panay avait dessiné plusieurs de ces édifices officiels comme la préfecture, la gendarmerie, la prison. Ou encore la Vignotte, une curieuse rotonde destinée à accueillir la toute nouvelle mais très active Société d'agriculture, sciences et arts des Landes. Les réalisations néo-classiques de Panay, disciple de

Avenue Aristide Briand, le forum moderne offre une vue intéressante sur le donjon Lacataye et les vestiges des anciens remparts

UN CORSAIRE MONTOIS

Surprenante et noble épopée que celle du Montois Dominique de Gourgues. En 1567, ce cadet de Gascogne arma à ses frais deux navires corsaires pour venger des compatriotes massacrés par les Espagnols sur les côtes de Floride. Ces colons, protestants pour la plupart, avaient été envoyés trois ans plus tôt par le roi de France établir des liens commerciaux avec les Indiens du Nouveau monde, ce qui gênait fort les visées colonialistes de Madrid.

l'Italien Piranèse et formé à l'école de Ledoux, se distinguent par un choix systématique de la symétrie et un goût affirmé pour les frontons, les portiques et les colonnades à l'antique.

Contemporain de Panay, Augustin Arthaud concevra, un peu plus tard, la Madeleine qui remplacera l'ancienne église gothique du centre ville. Avant de s'attaquer au plan d'urbanisme et de tracer un certain nombre de nouvelles voies, comme la rue Victor Hugo.

La Restauration et surtout le Second Empire ajouteront à cet ensemble déjà conséquent leur contingent d'hôtels particuliers cossus. Parmi les plus remarquables, citons celui du baron Jean-Marie Poyferré de Cère, directeur des Bergeries impériales des Landes. Et celui de la famille du pianiste Francis Planté, haute personnalité montoise et virtuose international dont Proust lui-

Haut lieu de la sculpture contemporaine, Mont-de-Marsan l'expose en plein air, pour le plaisir du promeneur même saluera le talent dès le premier paragraphe de *Un Amour de Swann*. C'est dans cet immeuble que le Conseil général a installé ses services.

Du règne de Napoléon III date aussi le lycée impérial. Baptisé Victor Duruy, il rappelle la mémoire de ce ministre de l'Instruction publique qui fut président du Conseil général des Landes en 1869.

À la même époque, le rattachement de plusieurs communes périphériques à Mont-de-Marsan a également pour conséquence d'accroître la population et l'importance de la ville.

L'ouverture, à la veille de la Grande Guerre, d'un terrain d'aviation devenu base d'entraînement des pilotes de chasse, évitera à la préfecture des Landes de trop souffrir de la disparition du commerce fluvial. Après un court retour au trafic civil, la base de Mont-de-Marsan sera réquisitionnée lors du deuxième conflit mondial. Elle accueillera un moment l'École de l'air de Salon-de-Provence, avant d'être occupée par les Allemands qui en feront le point de départ des quadrimoteurs Condor chargés de surveiller l'Atlantique.

FRAUDES D'HIER

Au XVIIIe siècle, certains vignerons d'Armagnac n'hésitaient pas à ajouter de la chaux, du lait et autres matières nuisibles à la santé – telle la fiente de pigeon – à des piquettes normalement destinées à la distillation et tentaient, avec l'aide de quelques négociants de Mont-de-Marsan, de les faire passer pour des vins de Chalosse. Furieux de ces pratiques qui portaient préjudice à la "pureté et dignité" de leurs crus, les magistrats dacquois porteront plusieurs fois le litige devant le parlement de Bordeaux.

À la Libération, l'état-major de l'Armée de l'air française décide de réutiliser les infrastructures et la fameuse piste en dur construite pour la Luftwaffe. Ainsi naît, en 1945, le Centre d'Expérimentations Aériennes Militaires. Au cours des décennies suivantes, il accueillera une escadre de bombardement dotée de l'arme nucléaire et un centre d'entraînement au combat. Rebaptisée base aérienne Colonel Rozanoff en 1985, la base de Mont-de-Marsan constitue toujours un maillon capital de la défense aérienne nationale.

Si la ville renoue, par-delà les siècles, avec sa vieille vocation défensive, elle en tire également un joli bénéfice économique. Plus de 4 000 personnes sont, en effet, rattachées à la base aérienne et installées avec leurs familles dans la cité ou dans ses environs immédiats.

Pour les héberger, on a construit des immeubles que les architectes ont tenté d'inscrire dans la tradition locale. En multipliant, par exemple, les balcons ouvragés et en recourant à la couleur, afin de garder à Mont-de-Marsan son caractère de ville gasconne. Les monuments officiels ont, eux aussi, été repensés en ce sens. Cela donne aujourd'hui un centre administratif où pierres romanes, verre et béton se marient avec assez de bonheur, et un bel aménagement des bords du Midou. Tandis que le nouveau quartier de la rive gauche s'affiche élégamment futuriste.

En même temps, des œuvres d'artistes montois ou de grands sculpteurs contemporains ont été disposées dans les squares, sur les places ou au long des voies piétonnes, donnant à la préfecture des Landes un cachet original de musée en plein air.

PROSPÉRITÉ DES PORTS FLUVIAUX

Tartas, jadis grande rivale de Mont-de-Marsan, peut, elle aussi, s'enorgueillir d'un riche passé. Le site aurait été fondé par une peuplade vasconne, les Tarusates. Érigée en vicomté, fief

De son passé de port fluvial, Tartas a conservé de beaux quais sur la Midouze

L'ŒILLET ROUGE

Fervent royaliste ? Vil aventurier ? Deux cents ans plus tard les historiens demeurent partagés sur l'énigmatique baron de Batz (1754-1822). Car si ce Landais dirigea la conspiration de l'Œillet rouge pour sauver Louis XVI et Marie-Antoinette de la guillotine, il participa aussi à des tractations occultes avec les révolutionnaires. Une seule chose est sûre : Batz demeura toujours fidèle à sa ville natale de Tartas et se battit même, en 1790, pour que celle-ci devienne le chef-lieu du département des Landes. Mais en vain.

important du duché anglo-gascon de Guyenne durant la Guerre de Cent ans, Tartas finit par être prise par les Français le 24 juin 1442. Après sa victoire, Charles VII aurait séjourné dans la maison Saint-Paul, une demeure à deux encorbellements, surnommée depuis "La Royale". Le souverain devait confier la ville reconquise à la famille d'Albret, qui lui était restée fidèle. La maison dite de Jeanne d'Albret, rue Duprat, date de la fin de la Renaissance. On admirera ses fenêtres à croisées avec piédroits et linteaux en bossage, donnant sur la cour. Et sa porte en bois sculpté surmontée d'un fronton triangulaire.

La conversion de la reine de Navarre au protestantisme en 1560 provoque des troubles sanglants dans la cité déchirée entre

Tartas fut le fief de la famille d'Albret et cette demeure aurait été celle de la reine Jeanne

les catholiques, surtout établis dans la ville basse, et les parpaillots regroupés sur le plateau. La paix revenue, afin de conjurer toute nouvelle révolte, Richelieu fait détruire le donjon du château médiéval et démanteler une partie de ses fortifications. Puis, après la Fronde, où Tartas, sous l'impulsion du chef Balthazar, s'est révélée profondément antimonarchique, Mazarin achève l'œuvre de destruction de son prédécesseur. Non content de faire raser les remparts subsistants, il va jusqu'à imposer une demi-fleur de lys aux armes de la ville rebelle.

Ce passé agité n'a pourtant pas empêché Tartas de devenir un des ports fluviaux les plus actifs des bords de la Midouze, drainant le trafic commercial entre la Chalosse et la Lande. Les opulentes demeures de pierres de taille, de style Louis XIV et Louis XVI, regroupées autour de l'église, témoignent de cette prospérité. En 1789, Tartas, siège d'une importante sénéchaussée, envoie ses députés aux États Généraux, et, l'année suivante, dispute âprement le titre de chef-lieu de département à Mont-de-Marsan.

Après le déclin de la batellerie, viendra l'exploitation de la forêt. Depuis la fermeture de la papeterie de Roquefort, en 1979, Tartas reste, avec Mimizan, un important pôle de l'industrie landaise du papier-carton. Mais dans un contexte de plus en plus difficile, car soumis aux pressions financières des grands groupes internationaux.

Nombre de villes qui bordent l'Adour, dans sa partie navigable, ou qui se sont installées sur les rives de ses principaux affluents, ont dû, comme Mont-de-Marsan ou Tartas, leur essor à leur situation fluviale.

C'est le cas de Peyrehorade, au cœur du pays d'Orthe, au confluent des gaves de Pau et d'Oloron, qui a commencé à se développer dès la fin du Moyen Âge. Passage obligé des échanges commerciaux entre Bayonne et Toulouse, la bourgade recevait alors les draps anglais et le pastel de la plaine toulousaine. Lorsque l'Adour, dévié par Louis de Foix, à la fin du XVIe siècle, déboucha à Bayonne, l'activité portuaire de Peyrehorade connut un essor et une diversification remarquables. Au trafic traditionnel s'ajoutèrent, en effet, les produits du haut pays, bois de flottage du Béarn, vins de Jurançon ou du Vic-Bilh et les textiles et morues d'importation.

À Mugron, quelques maisons anciennes possèdent, comme ici la mairie, de jolis auvents sur piliers

Port-de-Lanne, au confluent des Gaves réunis et de l'Adour, et Saint-Étienne-d'Orthe, avec son quartier de Rasport au bord du fleuve, eurent, elles aussi, leurs riches heures. Tout comme Port-Carrère, Port-Neuf ou Vimport, dont seule l'étymologie rappelle un trafic à présent bien éteint. Quant à la pittoresque station thermale de Saubusse, qui fut jadis un des ports capitaux du bassin aturin, elle ne voit plus s'amarrer, à son quai, que les barques des derniers pêcheurs professionnels. Et, à la saison estivale, quelques bateaux de promenade.

Pontonx-sur-l'Adour rompt néanmoins avec cette litanie un brin nostalgique. Pôle pilote de la politique économique du Conseil général des Landes, la ville a, en effet, bénéficié, en 1984, de l'installation d'une usine Sony de cassettes vidéo, que devait renforcer, quelques années plus tard, une unité de fabrication de bandes magnétiques. Outre leur poids financier et leur impact sur l'emploi régional, ces deux complexes, à l'architecture de verre et de bois résolument moderne, constituent, à cette date, une des plus belles réussites d'implantation industrielle à la campagne.

Restent les villes du vin, au sort inégal. Les quais de Hinx, ensablés, ont oublié depuis belle lurette les chants des gabariers et galupiers qui chargeaient futailles et tonneaux. Le port de Mugron qui fut, si l'on en croit un rapport de l'intendant du roi

LES FEMMES DE CRO-MAGNON

C'est à Brassempouy, dans les Landes, que l'on a découvert deux des plus anciennes représentations humaines : la Vénus et la Dame à la capuche. Ces petites merveilles d'ivoire sculpté seraient contemporaines du fameux homme de Cro-Magnon (vers 20 000 avant notre ère).

Entre Laurède et Mugron, d'anciens chais au bord de l'Adour rappellent le temps où le fleuve servait au transport des vins de Chalosse

daté de 1761, “le plus essentiel de la généralité d’Auch et de Pau” avant la Révolution, est mort, lui aussi. Mais cette cité conserve une activité viticole importante et, grâce à sa coopérative, fait même aujourd’hui figure de centre de la dynamique appellation des Coteaux de Chalosse. On y admirera les riches demeures élevées pour l’aristocratie de la barrique au XVIIIe et au XIXe siècles, aux façades souvent exubérantes. Avant d’aller contempler les antiques chais qui dressent encore leurs façades majestueuses près de l’Adour, entre Mugron et Laurède. L’ensemble, exceptionnel, que constituent l’ancien port, l’île et la chênaie voisine, a d’ailleurs été classé en 1977.

C’est à Geaune que bat le cœur du terroir du Tursan, “vin délimité de qualité supérieure” depuis 1958. La coopérative de cette petite bastide regroupe les récoltes de quelque 250 vignerons. Entièrement modernisée, elle s’est dotée d’un pressoir pneumatique, d’une cuverie performante et d’un circuit d’embouteillage automatisé permettant de remplir, boucher et étiqueter 3 000 bouteilles à l’heure.

Quant aux bourgs de l’Armagnac, beaucoup se signalent aux visiteurs en accolant à leur nom le suffixe magique. C’est le cas pour Labastide (d’Armagnac), Arthez, Créon, ou Mauvezin.

L’ancien couvent des Ursulines, à Saint-Sever, a longtemps abrité la manufacture Crabos, plumes et duvets

PÉTITION CONTRE LE SOLEIL

Sa spirituelle "Pétition des marchands de chandelles contre la concurrence du soleil" permit au grand public d'apprécier l'originalité de la pensée de Frédéric Bastiat (1801-1850). Ce conseiller général du canton de Mugron, était, en effet, partisan d'un libéralisme qu'il qualifiait lui-même d'optimiste, aussi éloigné du protectionnisme que du socialisme à la Proudhon.

Mais les alambics ne manquent pas non plus à Gabarret, Escalans et surtout Villeneuve-de-Marsan.

MAÏS, PLUMES ET GRAS

Le département des Landes, le second de France par la superficie (934 684 hectares) conserve sa tradition agricole puisque 225 427 hectares y sont encore cultivés. Le maïs reste la production de base, mais, depuis deux décennies, on assiste à une progression spectaculaire de l'élevage des volailles. Ainsi les agriculteurs de la région ont-ils réussi à se hisser au premier rang national pour la production de palmipèdes gras : un million de canards en 1980, cinq millions et demi en 1992.

Bien entendu, cette spécificité modèle le visage des gros bourgs agricoles de la riche Chalosse. Si le marché au cadran de Montfort ne manque pas de pittoresque, c'est Saint-Sever qui demeure la véritable capitale de la volaille landaise et des industries agro-alimentaires dérivées. Une affaire partie de loin, puisqu'on y traite plumes et duvets depuis 1859. À cette date, en effet, était fondée la maison Castet, qui devait être rachetée, quelque huit ans plus tard par Crabos et Costedoat. Ces derniers installeront leur fabrique dans l'ancien monastère des Ursulines. Les lieux sont aujourd'hui déserts, la Manufacture Pyrénex, successeur de Crabos en 1968, ayant déménagé dans la zone industrielle. Mais on peut encore découvrir, derrière l'imposante grille, la curieuse façade de l'ancien couvent, rue du général Durrieu, à deux pas de l'abbatiale.

Saint-Sever, fière du surnom de Cap-de-Gascogne qui lui avait été conféré au Moyen Âge, offre bien d'autres attraits pour les touristes. Le belvédère de Morlanne, forteresse naturelle qui domine les champs et la forêt alentour, aurait été occupé depuis la préhistoire, comme en témoignent les objets trouvés sur place par les archéologues. D'aucuns pensent qu'il aurait même accueilli un camp retranché romain, et peut-être, au Bas-Empire, le palais du gouverneur. À présent reconverti en jardin public, il abrite la statue du général Maximilien Lamarque, né à Saint-Sever en 1770.

Héros des guerres de la Révolution et de l'Empire, indéfectiblement républicain, Lamarque s'était vu, à la Restauration,

Porte du XVIIe siècle dans le mur de l'enceinte du couvent des Jacobins, à Saint-Sever

confronté aux persécutions royalistes. Élu contre toute attente député des Landes en 1828, il fit frémir l'Assemblée par sa virulence démocratique. Le choléra mit hélas très vite un terme à sa carrière politique. Ses obsèques, le 5 juin 1832, furent le prétexte d'une des plus graves manifestations que la monarchie de Juillet eut à affronter, et dont le tragique inspira à Victor Hugo quelques-unes des plus belles pages de ses *Misérables.* Lamarque devait être inhumé dans l'église du petit village d'Eyres-Moncube, à cinq kilomètres au sud-est de Saint-Sever.

L'hôtel particulier qu'il s'était fait construire dans sa cité natale, grosse bâtisse promue "château" par ses compatriotes admiratifs, se signale à l'attention des visiteurs par ses réminiscences du style Empire. Dans la même rue du Général-Lamarque, on peut encore voir d'autres bâtiments du XVIIIe siècle, tel l'hôtel de Lannemas, orné de beaux mascarons, ou l'hôtel de Basquiat-Mugriet, député du Tiers état en 1789 et maire de la ville. Un peu plus loin, l'hôtel dit de Bourrouilhan, avec ses fenêtres à meneaux et sa tourelle d'escalier, est, lui, typiquement Renaissance.

Ce beau pavillon de style Baltard abrite le marché d'Aire-sur-l'Adour

Si Saint-Sever contrôle la filière volaillère, Aire-sur-l'Adour revendique pour sa part le titre de capitale du foie gras. N'oublions pas que le département des Landes fournit à lui seul la moitié de la production nationale. À Aire, on ne manquera pas le spectacle du marché qui se tient les mardis et samedis et dont l'animation se propage à toute la cité. À quelques pas de la halle, joli pavillon de style Baltard, se trouvent quelques-unes des plus vieilles demeures de la ville basse, dont l'Officialité qui abritait la cour de justice au XVe siècle. À voir, le heurtoir et l'imposte de fer

À Aire, les rues foisonnent de charmantes boutiques aux parfums d'autrefois

forgé de la maison sise en face, ainsi que la minoterie désaffectée qui enjambe le petit canal creusé au bout de la rue Henri-Labeyrie. Sur la place du Commerce voisine, le bâtiment octogonal à trois étages, décoré d'arcs en plein cintre au premier niveau, d'oculi au second, a été construit dans les années 1860 pour servir de halle aux grains. Il a été transformé en théâtre en 1930.

À la même période, la résidence des prélats devint le nouvel hôtel de ville, l'évêché ayant été officiellement et définitivement transféré à Dax. On ne quittera pas Aire sans admirer sa façade Renaissance, l'escalier de pierre rajouté à l'âge classique et, à l'étage, les stalles et le plafond de l'ancienne salle du concile.

LE PIED DE L'EMPEREUR

Dans l'esprit des Français, pins et Landes sont aujourd'hui indissociables. Il est vrai que le département, avec ses 640 000 hectares boisés, possède le plus grand massif forestier d'Europe. Mais on sait moins que, si le pin maritime est apparu sur le littoral du Sud-Ouest voila plus de 9 000 ans, son extension à l'ensemble de la région, fort récente, doit tout aux hommes. Avant le XIXe siècle, les Landais se contentaient d'exploiter, d'une manière fort artisanale, les feuillus et résineux qui poussaient à l'état naturel. Le gemmage se pratiquait à petite échelle depuis l'antiquité. Quant au liège, cultivé dans le Marensin, il fournissait une part non négligeable des revenus à Soustons, Morcenx, Seignosse ou Léon.

C'est en 1857 que se produisit la révolution. Le 19 juin de cette année-là, Napoléon III promulgue sa grande loi de "mise en valeur des Landes de Gascogne". L'idée n'était certes pas neuve. Dès le Siècle des Lumières, savants et politiques avaient songé à amender "le désert" landais. Ainsi les frères Guillaume et Louis-Mathieu Desbiey, de Saint-Julien-en-Born, avaient travaillé à fixer les dunes mouvantes, ouvrant l'ère des grands ingénieurs des Ponts et Chaussées, tel Nicolas Brémontier sous le Premier Empire. Bonaparte rêvant de faire du département "le jardin de sa vieille garde", un de ses préfets, Alexandre Méchin, s'empressa de créer, en 1800, la Société d'agriculture des Landes. Et alla jusqu'à demander à ses administrés de semer des arachides sur les

Au musée de Solférino, cette plaque à la gloire de Napoléon III conserve l'empreinte du pied de l'Empereur

sables. Une petite huilerie vit un jour très éphémère à Dax, tandis que le très sérieux *Journal des Landes* enseignait à ses lectrices la recette de la garbure aux cacahuètes...

Par la suite, les projets allaient surgir, des plus réalistes aux plus chimériques. Certains voulurent acclimater ici des buffles, là des chameaux. Le baron Poyferré de Cère envisagea l'introduction de mérinos espagnols, le général Lamarque pensa à "naturaliser les acacias tricanthos et les faux ébéniers", avant de dessiner le tracé d'un canal des Pyrénées reliant Toulouse à Bayonne via la vallée de l'Adour. Plus tard se succédèrent les partisans du mûrier, du riz, du pavot, du caroubier ou de l'olivier. Que le lecteur moderne ne sourie pas trop vite : au début des années 1990, ne vit-on pas un investisseur sud-africain préconiser la création d'un parc animalier de 50 hectares à Hagetmau ? L'homme se targuait même d'ouvrir un élevage de crocodiles, éminemment rentable, jurait-il, dans ce Safari World inédit !

Napoléon III, lui, avait les pieds sur terre. Il obligea d'abord les communes du département à drainer les marécages. Puis à planter les terres gagnées sur les eaux de pins maritimes et à y

Un des pavillons de Solférino, jadis réservés aux colons du domaine impérial

ÉNIGME SÉPULCRALE

Une superbe tombe en fonte, dans le cimetière de Dax, rappelle le temps où les forges et industries d'Abesse et de Poustagnac, près de Saint-Paul-lès-Dax, faisaient vivre "la classe pauvre de la contrée". Elle contient les dépouilles de Victoire, l'épouse, et de Madeleine, la fille du maître de forges Pierre Bertrand-Geoffroy. Mais celui-ci, originaire de Belgique, était retourné dans son pays natal en 1859 : ni son acte de décès ni sa sépulture n'ont été retrouvés à ce jour.

installer un réseau de routes praticables. Enfin il mettra un point d'honneur à jouer en personne les gentlemen farmers. Pour ce faire, en 1857, il demande aux communes de Labouheyre, Lüe, Sabres, Commensacq, Onesse et Escource de lui concéder 8 000 hectares. Baptisé Solférino, en souvenir de la victoire remportée par les Français sur les Autrichiens, ce domaine impérial sera bientôt érigé en commune. De part et d'autre d'une large voie ont, en effet, été construits une vingtaine de pavillons. Quasi identiques, ils comportent une entrée à perron et quatre grandes pièces claires réparties sur deux niveaux. Des jardins les entourent. Le village est également doté d'une école et d'une église, naturellement placée sous le patronage de sainte Eugénie.

Chaque fois qu'il se rendra à Biarritz, station balnéaire favorite de l'impératrice, Napoléon III ne manquera pas de faire escale à Solférino où ses ingénieurs, Henri Crouzet et Jules Chambrelent, expérimentent de nouvelles méthodes de défrichement et d'amélioration des sols.

Le musée, installé dans une des maisons du lotissement originel par Madame Henri Schneider, qui fut propriétaire du domaine de 1910 à 1942, rappelle l'œuvre du "régénérateur des Landes". Dans une plaque de fonte, on peut voir l'empreinte du pied botté du premier souverain à avoir foulé "la lande aride dans

À Traverses, près de Retjons, les fours à résine de cette ancienne distillerie ont cédé la place au matériel agricole

Le nombre impressionnant de cours d'eau susceptibles de fournir la force motrice, comme l'abondance du bois de chauffage, explique la multiplication des forges dans les Landes. Pontenx et Abesse étaient entrées en activité avant la Révolution, suivies, quelques décennies plus tard, par Ychoux, Pissos, Brocas, Buglose, Cère, Mont-de-Marsan ou Labouheyre. Mais la construction, en 1882, d'un géant, les Forges de l'Adour à Tarnos, qui allaient employer jusqu'à un millier d'ouvriers, portera un coup fatal à toutes ces exploitations artisanales. Dédaignant le fer et le bois régionaux, Tarnos utilisera d'ailleurs du minerai importé de Biscaye et du charbon de Grande-Bretagne. Spécialisées dans la production des rails ferroviaires, les Forges de l'Adour fonctionneront jusqu'en 1965. Pour pallier licenciements et pertes d'emploi, seront alors créés la société Turboméca, puis, au début des années 1990, les Ciments de l'Adour.

En regard des autres villes landaises de son importance, Morcenx fait un peu figure d'outsider. Sa richesse ne vint pas, en effet, de la rivière – le Bez est un trop petit ruisseau – mais du rail. Dès septembre 1854, la ligne Bordeaux-Bayonne faisait escale

Dans le bourg de Linxe, on peut admirer, intacte, cette remarquable construction des années trente

ici. Scieries et industries du bois ne tardèrent pas à s'installer à proximité, contribuant aussitôt à l'essor de Morcenx-Gare. Si bien que la mairie du bourg dut déménager en 1883. Témoignent de cette opulence qui ne fit que croître jusqu'à la Seconde Guerre mondiale, les deux façades art déco du cinéma et du marché couvert. Les bas-reliefs en ont été dessinés par un élève du sculpteur Despiau, Lucien Danglade (Biarritz, 1891 - Ondres, 1951). Il devait également concevoir le mur-pignon du Sporting-Casino et quelques villas du front de mer à Hossegor, mais aussi le mausolée d'Agnès Souret, la première Miss Monde, enterrée dans le petit cimetière d'Espelette.

Enfin, cette revue de détail des villes et villages remarquables serait incomplète si l'on n'y mentionnait aussi Samadet, l'ancienne capitale de la faïence landaise. C'est en 1732 que Charles-Maurice de Bouzet, marquis de Roquépine et abbé, fut autorisé, par arrêté royal, à ouvrir une faïencerie dans la petite ville du Tursan. S'il se procura sur place et sans peine la matière première (argile, marne, sable et colorants) l'abbé dut aller jusqu'à Bordeaux pour dénicher un spécialiste. Il débaucha un contremaître de la faïencerie Hustin, un certain Daniel Le Pâtissier, qui devait assurer un succès rapide à l'entreprise. Jusqu'en 1838, la manufacture royale de Samadet a fourni ainsi les maisons bourgeoises de Chalosse et du Pays Basque en plats, assiettes, fontaines de table, encriers et autres bénitiers. Parmi les motifs les plus caractéristiques des productions de Samadet, on trouve les scènes de chasse à la palombe, les animaux domestiques, mais aussi et surtout les fleurs. Dont la célèbre "rose manganèse", décor fort prisé des collectionneurs modernes.

UN HYBRIDE CONTROVERSÉ

Arrivé dans les Landes à la fin des années 1880, le phylloxera détruira, en moins d'une décennie, les quelque 100 000 hectares de vignes que comptait alors le département. Pour reconstituer le vignoble ravagé, François Baco (1865-1947), un instituteur originaire de Peyrehorade, mit au point, en 1898, un hybride blanc, baptisé "baco 22A". Celui-ci devait susciter l'engouement des viticulteurs du pays d'Orthe, avant de déchaîner les foudres des pouvoirs publics qui lui reprochèrent d'être croisé de "noah" américain, un cépage censé altérer les facultés mentales des buveurs. Ceci n'empêcha pas le petit village de Bélus, où Baco enseigna près de trente ans durant, de demander au prix de Rome Jacques Dulau d'immortaliser dans la pierre le visage de l'enfant du pays.

DAX ET LES EAUX BIENFAISANTES

Seconde agglomération des Landes, Dax ne compte guère que 28 000 habitants. Mais les 55 000 curistes qu'elle reçoit tout au long de l'année s'ajoutant à cette population, la ville se présente sous un tout autre aspect que celui d'une sous-préfecture sommeillant au bord de l'Adour.

Capitale française du thermalisme, prospère et remuante, Dax éveille quelques jalousies. À commencer par celle du chef-lieu où l'on s'agace parfois des particularismes de la "principauté" dacquoise. Ironique, le mot se révèle pourtant mieux choisi que ne le pensent les Montois. Car la notoriété de la petite cité landaise date de plus de deux mille ans.

Lorsque les Romains entreprennent la conquête de l'Aquitaine, en 56 avant notre ère, ils découvrent, en effet, sur les bords marécageux de l'Adour, à l'emplacement où allait s'édifier la Dax moderne, une sorte de cité lacustre occupée par la tribu des Tarbelles. D'où le nom d'"Aquæ Tarbellicæ" dont ils l'affublent sans autre effort d'imagination.

Un miracle allait très vite faire de ce hameau une station thermale en vogue. Un légionnaire de l'armée romaine partant en mission y avait abandonné son vieux chien, perclus de

À 100 mètres du Splendid, l'hôtel des Thermes, vu par Jean Nouvel, dont la modernité a naguère défrayé la chronique dacquoise

rhumatismes, sur les berges limoneuses de l'Adour. À peine était-il de retour que l'animal se précipita vers son maître, frétillant et visiblement guéri. La rumeur du prodige serait parvenue à Rome, aurait franchi les portes du palais de l'empereur Auguste qui aurait décidé de venir tester les vertus des boues et des eaux landaises. Accompagné de sa fille Julie, il se serait rendu à Aquæ Tarbellicæ.

Le conditionnel se justifie. Malgré des fouilles intensives, aucune trace tangible n'a jamais prouvé la réalité de ce voyage. Peu soucieuse d'une objectivité trop pointilleuse, la cité choisit de privilégier la légende et, en 1933, commémora même avec faste le soi-disant bimillénaire de sa source principale, la Fontaine Chaude.

Localement appelée "la Nèhe" – la naïade – celle-ci constitue un phénomène naturel. Ne jaillit-elle pas à 64°, son débit brut, exceptionnellement élevé, avoisinant les 2 400 mètres cubes journaliers ? Véritable cœur de Dax, la Fontaine Chaude s'orne

Le complexe balnéo-résidentiel de Saint-Paul-lès-Dax est venu, à point nommé, compléter la capacité thermale de Dax

DAX MARCHEPIED DU POUVOIR

La sous-préfecture landaise peut s'enorgueillir d'avoir donné plusieurs dirigeants à la France : Jean-Antoine Lacoste (1730-1814) fut ministre de la Marine en 1792 et Raphaël Milliès-Lacroix (1850-1941) ministre des Colonies en 1906. Leur compatriote, l'avocat Roger Ducos (1747-1816) avait, quant à lui, été nommé consul provisoire après le coup d'État du 18 brumaire. Avec Bonaparte.

d'un portique à trois arcades orné de neuf robinets de bronze en forme de gueules de lion. Cette construction néo-toscane, votée par une municipalité monarchisante empressée de fêter la restauration de la royauté, est relativement récente. En façade, une plaque y commémore, en effet, "le 1er septembre de l'an 1814, le 1er du retour de Louis XVIII, le Désiré".

La Nèhe n'avait cependant pas attendu d'être remodelée à l'antique pour devenir le symbole du thermalisme landais. Les archives nous apprennent qu'elle servait déjà de piscine de soins au Moyen Âge. La municipalité appointe alors un baigneur officiel ("banhor" en gascon). Il est investi d'une double mission. D'une part repérer les pickpockets qui se glissent dans les vestiaires pour y dérober bourses et aumônières. D'autre part empêcher les curistes mâles de s'introduire dans le bassin réservé aux personnes du beau sexe !

La source de la Nèhe, la célèbre Fontaine Chaude, jaillit à 64° en plein centre de la cité dacquoise

La Renaissance voit l'extension des installations qui comporteront un grand bassin et quatre petites piscines. Mais la fontaine n'est pas l'apanage du corps médical. La population est autorisée à y puiser de l'eau chaude à usage domestique. Ainsi les ménagères viennent y durcir leurs œufs, les rôtisseurs y attendrir les volailles qu'ils s'apprêtent à plumer, les charcutiers y échauder les cochons. On y voit aussi les désespérés s'y suicider et les mages y prédire la météo. Car la sagesse populaire croira longtemps que d'abondantes vapeurs matinales qui s'exhalent de la Nèhe sont signe infaillible de beau temps.

LE RELAIS DE LA SCIENCE

Dès cette époque la Fontaine Chaude constitue un formidable atout pour le tourisme naissant. Tout visiteur de marque qui débarque à "D'Acqs" – la graphie en usage au XVIIe siècle souligne l'étymologie du nom de la ville – sera conduit devant "lou bagn

L'établissement thermal de Préchacq-les-Bains a pris la relève de celui que fréquenta Michel de Montaigne

Paul Valéry, Gabriele d'Annunzio et André Gide, ou des musiciens tels Maurice Ravel et Francis Planté. Tous vont tenter de créer, dans ce paysage unique "de la Genèse", une sorte de république des lettres dont Paul Margueritte écrira l'histoire dans *Les Pins tranquilles*.

Lovée dans une végétation de rêve, une des villas art déco du vieil Hossegor

DALLAS-EN-BORN

La découverte, en 1954, d'un gisement de pétrole dans les profondeurs du lac de Parentis par la société Esso, allait faire du pays de Born un véritable petit Texas. Dans la pinède et sur les eaux se dressèrent bientôt derricks et pompes à balancier, un pipe-line acheminant la production vers la raffinerie d'Ambès, en Gironde. Si le gisement de Parentis arrive aujourd'hui à épuisement, les recherches offshore au large de Mimizan se révèlent prometteuses.

Sur ce pilier de la place des Landais, due aux frères Gomez, ce chapiteau stylisé s'inspire de la flore locale

Cette plaque au graphisme basco-landais signale l'entrée de la villa construite pour le professeur de médecine bordelais Georges Portmann

Ironie du destin, ce n'est pas cette mythique Cité du Soleil qui les tirera de l'oubli : s'ils sont passés à la postérité c'est plutôt pour s'être montrés des promoteurs originaux. Doublés, grâce au journaliste bordelais Maurice Martin, de publicitaires hors pair.

Chroniqueur sportif à *La Petite Gironde*, Martin commence par rebaptiser la côte landaise "Côte d'Argent", le 20 mars 1905, à Mimizan. Aussitôt il lance le premier tourisme vert à l'intention des blasés des salons de la capitale. Randonnées à cheval, promenades en bros (l'attelage de mules traditionnel) et descentes du luxuriant courant d'Huchet sous la conduite des bateliers locaux figurent au programme. "Maurice Martin soutient de sa foi la beauté des Landes comme les vieux saints portent parfois de petites villes dans le creux de la main", écrit d'Annunzio, émerveillé.

Il ne croyait pas si bien dire. Martin sera bientôt à l'origine de l'édification d'une cité moderne dans le site enchanteur

À Hossegor, les surfers saluent à leur manière l'architecture de la villa dont le nom rappelle la légende marine du rayon vert

Le Sporting-Casino conféra à Hossegor un irréfutable statut de station des sports élégants

d'Hossegor. Si la Première Guerre mondiale retarde les opérations immobilières, celles-ci reprendront de plus belle au début des années vingt, avec le concours du promoteur Aimé Meunier-Godin et du rugbyman Alfred Eluère, co-fondateurs, en 1923, de la Société immobilière artistique d'Hossegor (sic). Il faut noter que deux ans plus tôt, Rosny jeune, redoutant les ravages du tourisme de masse, avait déserté les rivages landais pour la Bretagne. Après un détour par l'île de Bréhat, alors vierge d'estivants, il s'installera à Ploubazlanec, où il décédera, en 1948, bien loin de ses amours landaises.

La raison devait néanmoins l'emporter sur la spéculation à tout crin. Les financiers écouteront, en effet, les injonctions d'un Maxime Leroy les incitant à préserver le patrimoine naturel d'Hossegor. Fuyant l'élitisme de Biarritz comme la sélection par l'argent, évitant le populaire autant que le populiste, ces investisseurs d'un nouveau type sauront toucher la bourgeoisie aisée. Clientèle attirée par les prix compétitifs des terrains, elle se

À Saint-Girons-Plage, on se croirait parfois sur la côte californienne

D'ailleurs, aux seuls noms de René Crabos, Pierre Albaladéjo, Gérard Dufau, Benoît Dauga, Guy Cambérabéro, Guy ou André Boniface, quel Landais digne de ce nom ne vibre-t-il pas ?

C'est un deuil qui amena un autre abbé, Michel Devert, à vouloir ouvrir un sanctuaire pour le ballon ovale : le décès accidentel de trois jeunes membres de l'Union Sportive Dacquoise, qui avaient fréquenté son patronage.

Le choix de l'abbé devait se porter sur une ancienne chapelle d'origine romano-gothique, sise à Larrivière, près de Grenade-sur-l'Adour, un endroit tout aussi historique que Géou puisqu'occupé depuis l'époque gallo-romaine. En 1967, l'ex-oratoire Saint-Savin deviendra ainsi Notre-Dame-du-Rugby, s'ornant bientôt d'un étonnant vitrail. On y voit, en effet, l'enfant Jésus promu joueur céleste, que l'artiste verrier n'a pas hésité à représenter en train de passer le ballon à sa mère Marie ! Pareille merveille renforça certainement le succès du sanctuaire où affluèrent rugbymen et supporters, apportant en hommage maillots ou chaussures à crampons. Ainsi était né en Tursan un véritable temple de l'Ovalie.

PAS LA FAUTE À VOLTAIRE !

Le brave citoyen Lavallée, qui traversa les Landes au lendemain de la Révolution, s'indigna de ce que les habitants de ce département montraient dans leurs amusements "quelque analogie avec les mœurs espagnoles" : "Il vaudrait mieux, pour le progrès de la raison et de l'humanité, que l'on tournât leurs plaisirs, ou leurs délassements, vers quelques bonnes tragédies de Voltaire", écrit-il dans son journal de voyage.

UN AUTEL SUR DES CORNES

Aussi mythiques que le cyclisme, encore plus ancrés dans les mœurs que le rugby, les jeux taurins apparaissent comme une tradition millénaire des Landes. Certains étymologistes vont jusqu'à penser que les deux noms de Tarbelles et de Tarusates, donnés aux peuplades installées dans le bassin de l'Adour au moment de la conquête romaine, dériveraient d'une ancienne racine locale "Tarb" ou "Tarv", désignant le taureau.

Quoiqu'il en soit, les archives médiévales attestent que, dès le XVe siècle, les habitants de la Chalosse, du Marsan et de l'Armagnac s'adonnaient à ces courses qui attendront le XIXe pour se voir enfin qualifiées de "landaises". Une lettre du roi Charles VII, datée de 1457, révèle en effet qu'il était déjà de coutume, pour la Saint-Jean de juin, à Saint-Sever, "de tout temps à jamais de courir en chacune rue un taureau". Mieux, au début du XVIIe siècle, les édiles donnaient "du pain et du fromage en récompense au meilleur écarteur, qui les distribuait ensuite aux pauvres".